Fiódor Mijáilovich Dostoievski nació en Moscú en 1821, hijo de un médico militar. Estudió en un colegio privado de su ciudad natal y en la Escuela Militar de Ingenieros de San Petersburgo. En 1845, su primera novela, *Pobres gentes*, fue saludada con entusiasmo por el influyente crítico Belinski, aunque no así sus siguientes narraciones. En 1849, su participación en un acto literario prohibido le valió la condena de ocho años de trabajos forzados en Siberia, la mitad de los cuales los cumplió sirviendo en el ejército en Semipalátinsk. De regreso a San Petersburgo en 1859 publicó ese mismo año la novela *Stepánchikovo y sus habitantes*. Sus recuerdos de presidio, *Memorias de la casa muerta*, vieron la luz en forma de libro en 1862. Fundó con su hermano Mijaíl la revista *Tiempo* y, posteriormente, *Época*, cuyo fracaso le supuso grandes deudas. La muerte de su hermano y de su esposa el mismo año de 1864, la relación «infernal» con Apolinaria Súslova, la pasión por el juego, un nuevo matrimonio y la pérdida de su hija le llevaron a una vida nómada y trágica, perseguido por acreedores y sujeto a contratos editoriales desesperados. Sin embargo, desde la publicación en 1866 de *Crimen y castigo*, su prestigio y su influencia fueron centrales en la literatura rusa, y sus novelas posteriores no hicieron sino incrementarlos: *El jugador* (1867), *El idiota* (1868), *El eterno marido* (1870), *Los demonios* (1872), *El adolescente* (1875) y, especialmente, *Los hermanos Karamázov* (1879-1880). Sus artículos periodísticos se hallan recogidos en su monumental *Diario de un escritor* (1876). Dostoievski murió en San Petersburgo en 1881.

FIÓDOR M. DOSTOIEVSKI

El jugador

Traducción de
VICTORIANO IMBERT

PENGUIN CLÁSICOS

Papel certificado por el Forest Stewardship Council®

Título original: *Igrok*

Primera edición: marzo de 2025

PENGUIN, el logo de Penguin y la imagen comercial asociada son marcas registradas de Penguin Books Limited y se utilizan bajo licencia.

1866, Fiódor Dostoievski
© 1979, 2025, Penguin Random House Grupo Editorial, S. A. U.
Travessera de Gràcia, 47-49. 08021 Barcelona
1979, Victoriano Imbert, por la traducción
Diseño de la colección: Penguin Random House

Penguin Random House Grupo Editorial apoya la protección de la propiedad intelectual. La propiedad intelectual estimula la creatividad, defiende la diversidad en el ámbito de las ideas y el conocimiento, promueve la libre expresión y favorece una cultura viva. Gracias por comprar una edición autorizada de este libro y por respetar las leyes de propiedad intelectual al no reproducir ni distribuir ninguna parte de esta obra por ningún medio sin permiso. Al hacerlo está respaldando a los autores y permitiendo que PRHGE continúe publicando libros para todos los lectores. De conformidad con lo dispuesto en el artículo 67.3 del Real Decreto Ley 24/2021, de 2 de noviembre, PRHGE se reserva expresamente los derechos de reproducción y de uso de esta obra y de todos sus elementos mediante medios de lectura mecánica y otros medios adecuados a tal fin. Diríjase a CEDRO (Centro Español de Derechos Reprográficos, http://www.cedro.org) si necesita reproducir algún fragmento de esta obra.
En caso de necesidad, contacte con: seguridadproductos@penguinrandomhouse.com

Printed in Spain – Impreso en España

ISBN: 978-84-9105-732-1
Depósito legal: B-769-2025

Compuesto en M. I. Maquetación, S. L.

Impreso en Black Print CPI Ibérica
Sant Andreu de la Barca (Barcelona)

PG 5 7 3 2 1

Sobre esta colección

En 1934, al regresar a Londres tras visitar a su amiga Agatha Christie, el joven editor Allen Lane hizo un alto en el quiosco de libros de la estación Exeter St Davids y notó que solo se vendían libros caros y de mala calidad. Comprendió que al público lector le haría falta justo lo contrario: buenos libros a un precio asequible. Al año siguiente fundó con sus dos hermanos Penguin Books, la empresa con la que creó el libro de bolsillo e inició una revolución editorial en todo el mundo.

El primer lote de libros de Penguin se lanzó en julio de 1935 y consistió en diez títulos. Los libros tenían un diseño distintivo y uniforme: cubiertas con dos bandas horizontales de color naranja y el logotipo de un pingüino impreso en el frontal. Esta uniformidad contribuyó a que fueran fácilmente reconocibles, mientras que la calidad de la selección demostraba el atractivo de la colección. En los diez meses siguientes al lanzamiento se vendieron más de un millón de ejemplares a seis peniques cada uno.

Los hitos siguieron sucediéndose. En su afán por acercar los libros al público, en 1937 Lane ideó la Penguincubator, una máquina expendedora que ofrecía una selección de libros de bolsillo en la estación de Charing Cross Road, Londres, para que nadie se quedara sin su libro al esperar el tren. Con mayor impacto aún, en 1946 la empresa lanzó la colección Penguin Classics, a fin de que los mejores libros jamás escritos estuviesen a disposición de todos. Su primer título, la *Odisea* en traducción de E. V. Rieu, se convirtió en un best seller.

En la actualidad, Penguin Clásicos, heredera de Penguin Books, sigue haciendo honor a los principios fundadores de Allen Lane. Y con ello bien presente esta serie de clásicos quiere rendir homenaje al diseño original que tanto contribuyó a crear un referente en el mundo de la lectura.

El jugador

I

Vuelvo, por fin, tras una ausencia de dos semanas. Los nuestros hace tres días que se encuentran en Ruletenburgo.[1] Creía que me estarían esperando con impaciencia, pero me equivocaba. El general me ha recibido con aires de mucha independencia, me ha tratado con altivez y me ha mandado que hablara con su hermana. Indudablemente, han obtenido dinero de algún sitio. Incluso tengo la impresión de que el general se avergüenza un poco ante mí. Maria Filíppovna estaba muy ocupada y me ha dedicado poca atención. Sin embargo, ha cogido el dinero, lo ha contado y ha escuchado todo mi informe. Esperaban para comer a Mézentsov, al francesito y a un inglés; según es costumbre, en cuanto hay dinero, dan una comida, a lo moscovita. Polina Alexándrovna, en cuanto me ha visto, me ha preguntado: «¿Por qué ha tardado tanto?», y, sin esperar mi respuesta, ha salido. Por supuesto que lo ha hecho a propósito. Pero tenemos que explicarnos. Son muchas las cosas que se han acumulado.

[1] Dostoievski describió, por lo visto, bajo ese nombre la ciudad de Wiesbaden, centro balneario en que estuvo en los años 1862, 1863 y 1865. (Todas las notas son del traductor).

Me han destinado una pequeña habitación en el cuarto piso del hotel. Aquí ya se sabe que pertenezco *al séquito del general*. Todo parece indicar que ya han llamado la atención. Aquí creen que el general es un gran señor ruso inmensamente rico. Antes de comer, me encargó, entre otras cosas, que cambiara dos billetes de mil francos. Los cambié en la oficina del hotel. En adelante, nos mirarán como si fuéramos millonarios, al menos durante una semana. Quería dar un paseo con Misha y Nadia, pero ya en la escalera me dijeron que me llamaba el general. Se le antojó saber adónde pensaba llevarlos. Este hombre es incapaz de mirarme directamente a los ojos. No es que le falten ganas, pero cada vez le contesto con una mirada tan fija, es decir, irrespetuosa, que parece confundirle. En un discurso grandilocuente, ensartando las frases unas con otras y, al fin, completamente embrollado, me ha dado a entender que llevara a paseo a los niños lejos del casino, al parque. Al final, irritado del todo y nervioso, añadió bruscamente:

—No sea que se le ocurra llevarlos al casino, a la ruleta. Perdone —prosiguió—, pero conozco su ligereza y le creo muy capaz de jugar. De todos modos, aunque no me corresponda el papel de mentor suyo, ni sienta yo, por mi parte, deseo alguno de serlo, tengo, al menos, derecho a pretender que usted, por así decirlo, no me comprometa...

—Pero si no tengo dinero —le contesté en un intento de tranquilizarlo—; y, para perder, hay que tenerlo.

—Ahora mismo lo recibirá —me contestó el general, ligeramente sonrojado.

Buscó en su escritorio y consultó un libro; resultó que me debía alrededor de ciento veinte rublos.

—No sé cómo vamos a hacer las cuentas —dijo—, hay que convertirlos en táleros. Mire, coja cien táleros para redondear. El resto, descuide, que no se perderá.

Cogí en silencio el dinero.

—Le ruego que no se moleste por mis palabras. Es usted tan susceptible... Si le he hecho una observación, si le he prevenido, es porque, claro está, tengo a ello cierto derecho.

Al volver a casa con los niños antes de comer, me he encontrado con toda una cabalgata. Los nuestros habían ido a ver no sé qué ruinas. ¡Dos excelentes coches, magníficos caballos! En uno de los coches, mademoiselle Blanche con Maria Filíppovna y Polina; el francesito, el inglés y el general, a caballo. Los transeúntes se paraban a mirar, se había conseguido el efecto; pero el general va a acabar de mala manera. Yo había calculado que, con los cuatro mil francos que yo había traído más lo que, por lo visto, habían tenido tiempo de sacar, dispondrían de siete u ocho mil francos; eso era muy poco para mademoiselle Blanche.

Mademoiselle Blanche se aloja igualmente en nuestro hotel, junto con su madre. También anda por aquí el francesito. Los lacayos le llaman «*monsieur le comte*». A la madre de mademoiselle Blanche, «*madame la comtesse*». Quién sabe, quizá sean, en efecto, «*comte*» y «*comtesse*».

Sabía de antemano que monsieur *le comte* no me iba a reconocer cuando nos viéramos durante la comida. Al general no se le ocurría, claro está, presentarnos o recomendarme al francés; en cuanto a monsieur *le comte*, había vivido en Rusia y sabía qué poquita cosa era eso que ellos llaman *outchitel*.[2] Por lo demás, me conoce perfec-

---

[2] Pronunciado «uchitel»: maestro. (Así en el original).

tamente. La verdad es que no me esperaban; al parecer, el general había olvidado dar las órdenes pertinentes, de lo contrario me habría mandado a comer a la *table d'hôte*. Me he presentado yo mismo, por eso el general me miraba con mala cara. La buena de Maria Filíppovna me ha señalado dónde debía sentarme. Me ha salvado el encuentro con el señor Astley, e, involuntariamente, me he visto como un miembro de la sociedad.

Había encontrado a aquel extraño sujeto inglés primero en Prusia, en el vagón en que estuvimos sentados uno frente al otro. Esto ocurrió cuando yo viajaba un poco rezagado de los nuestros. Después me tropecé con él al entrar en Francia; por fin, en Suiza. En dos semanas le había visto dos veces, y he aquí que me encuentro con él ya en Ruletenburgo. No he visto en mi vida otra persona más tímida. Es tímido hasta resultar estúpido, cosa que él sabe, pues no es nada tonto. Por lo demás, es simpático y reservado. Le hice hablar durante nuestro primer encuentro en Prusia. Me dijo que había estado aquel verano en Nordkapp y que sentía grandes deseos de visitar la feria de Nizhni Nóvgorod. No sé de qué forma ha conocido al general. Creo que está profundamente enamorado de Polina. Cuando ella ha entrado, se ha puesto rojo como la grana. Le ha alegrado mucho que me sentara a su lado; creo que ya me considera amigo íntimo suyo.

En la mesa, el francesito se ha comportado con extraordinaria petulancia. Ha estado con todos desdeñoso y altivo. Recuerdo que en Moscú le gustaba pavonearse. Ha hablado hasta la saciedad de finanzas y de la política rusa. El general, de cuando en cuando, le contradecía, pero poco, lo imprescindible para no perder la respetabilidad.

Mi estado de ánimo era extraño. Por supuesto, ya al principio de la comida me había hecho a mí mismo la habitual y permanente pregunta: «¿Qué hago yo con este general y por qué no les he dejado hace tiempo?». De vez en cuando, miraba a Polina Alexándrovna; ella parecía no verme. Acabé por enfadarme y decidí mostrarme insolente.

Todo empezó porque yo, de pronto y sin venir a cuento, me entremetí en una conversación ajena. Sentía deseos de pelearme con el francesito. Me volví hacia el general y, en voz alta y clara —creo que incluso le interrumpí—, observé que aquel verano resultaba imposible para los rusos comer en la mesa redonda de los hoteles. El general me dirigió una mirada de asombro.

—Si usted es una persona que se respeta —proseguí, ya lanzado—, acabará oyendo insultos y tendrá que soportar increíbles groserías. En París y en el Rin, incluso en Suiza, hay tantos polacos y franceses que simpatizan con ellos que no podrá abrir la boca si es usted ruso.

Dije todo esto en francés. El general me miraba perplejo y dudaba si indignarse o solo asombrarse de que yo hubiese olvidado hasta tal punto dónde me hallaba.

—Está visto que alguien por ahí le ha dado a usted una lección —dijo el francés, desdeñoso y despectivo.

—Discutí en París, primero con un polaco —contesté—, después con un oficial francés que apoyaba al polaco. Pero parte de los franceses se pusieron de mi parte en cuanto les conté cómo había intentado escupir en el café de un monseñor.

—¿Escupir? —preguntó el general, grave y perplejo. Incluso miró a su alrededor.

El franchute me examinaba desconfiado.

—Exactamente —proseguí—. Como estuve dos días, convencido de que tendría que pasar por Roma por un asunto nuestro, fui a la Cancillería de la Nunciatura del Padre Santo en París con el fin de visar mi pasaporte. Me recibió un curita de unos cincuenta años, flaco, de rostro frío, y después de escucharme, cortés pero muy seco, me rogó que esperara. Aunque tenía prisa, me dispuse a esperar y saqué un ejemplar de la *Opinion Nationale*[3] y empecé a leer terribles injurias a Rusia. Mientras tanto, oí cómo alguien entraba en el despacho de monseñor por la habitación contigua: vi incluso cómo el abate se despedía de alguien. Le reiteré mi ruego; me pidió que esperara, en tono todavía más seco. Un poco más tarde entró alguien más, un austriaco al parecer; le escucharon y le hicieron subir. Me enfadé. Me acerqué al abate y le dije firmemente que, puesto que monseñor recibía, podía perfectamente resolver mi asunto. El abate dio unos pasos hacia atrás y me miró estupefacto. Se sentía sencillamente incapaz de comprender cómo un insignificante ruso pretendía compararse con los invitados de monseñor. Me midió con la mirada, y en el tono más descarado de que era capaz, como si se alegrara de poder ofenderme, me gritó: «¿Qué, espera que monseñor deje su café por usted?». Entonces le grité aún más fuerte: «¡Me importa un comino el café de su monseñor! O me arregla el pasaporte ahora mismo, o entro yo personalmente». «¡Pero si está con el cardenal!», exclamó el curita apartándose de mí, horrorizado. Se precipitó hacia las puertas y se paró ante ellas, los bra-

[3] Periódico liberal francés que combatía la política zarista de opresión en Polonia.

zos extendidos formando una cruz, como si quisiera indicar con aquel gesto su disposición a morir antes que dejarme pasar.

»Le dije entonces que yo era un hereje y un bárbaro, *que je suis hérétique et barbare*, y que todos aquellos arzobispos, cardenales y monseñores, etc., me tenían sin cuidado. En una palabra, le di a entender que no pensaba desistir. El abate me miró con infinito odio, me arrancó de las manos el pasaporte y se lo llevó arriba. Al minuto ya tenía el pasaporte visado.

—¿Quieren verlo? —Extraje el pasaporte y les mostré el visado romano.

—La verdad es que usted... —empezó el general.

—A usted le salvó el declararse bárbaro y hereje —observó irónico el francés—. *Cela n'était pas si bête.*[4]

—Observe a los rusos de aquí. No se atreven a abrir el pico y están dispuestos, creo yo, a renegar incluso de su condición de rusos. Por lo menos en París, en mi hotel, empezaron a tratarme mejor desde que les conté mi pelea con el abate. Un señor gordo, polaco, el más hostil a mí de todos los que comíamos en la mesa común, procuró en adelante pasar inadvertido. Los franceses no protestaron incluso cuando les conté que hacía dos años había visto a un hombre al que en 1812 había disparado un soldado francés simplemente para descargar el arma. En aquel entonces, el hombre todavía era un niño de diez años y su familia no había podido salir de Moscú.

—¡Imposible! —saltó el francesito—. ¡Un soldado francés jamás disparará contra un niño!

[4] Eso no era tan estúpido.

—Sin embargo, así fue —contesté—. Me lo contó un capitán retirado, hombre honorable, y además yo mismo pude ver en la mejilla la cicatriz de la bala.

El francés empezó a hablar rápido y muy fuerte. El general intentó ayudarle, pero le recomendé que leyera algunos fragmentos de las «Memorias» del general Perovski, que en 1812 fue prisionero de los franceses.

Maria Filíppovna, para cambiar la conversación, empezó a hablar de otra cosa. El general estaba muy molesto conmigo, ya que el francés y yo, al final, hablábamos casi a gritos. Al señor Astley pareció agradarle mi discusión con el francés. Al levantarme de la mesa, me invitó a tomar una copa de vino en su compañía. Por la tarde, como era de esperar, tuve ocasión de charlar durante un cuarto de hora con Polina Alexándrovna. Charlamos durante el paseo. Todos se dirigieron por el parque hacia el casino. Polina se sentó en un banco ante una fuente, mientras Nádienka jugaba con los niños cerca de ella. Yo también dejé a Misha ir a jugar a la fuente, y entonces quedamos los dos solos.

Hablamos sobre todo de negocios. Polina se enfadó muchísimo al ver que yo le entregaba únicamente setecientos florines. Esperaba que le trajera de París, por sus joyas empeñadas, por lo menos dos mil florines, o quizá más.

—Necesito dinero sea como sea —me dijo—, tengo que encontrarlo; de lo contrario estoy perdida.

Le empecé a preguntar sobre lo ocurrido en mi ausencia.

—Tan solo dos noticias de Petersburgo: primero, que la abuela estaba muy grave; y a los dos días, que, al parecer, había muerto. La noticia provenía de Timoféi Petróvich —añadió Polina—, y es un hombre serio. Esperamos la última noticia, ya definitiva.

—Entonces, aquí, ¿todos esperando? —le pregunté.

—Naturalmente. Todo y todos. Ha sido su única esperanza durante estos seis meses.

—Y usted ¿también espera?

—Yo no soy pariente de ella. No soy más que la hijastra del general. Pero estoy segura de que no me olvidará en su testamento.

—Yo creo que le dejará mucho —dije en tono afirmativo.

—Sí, me quería. Pero ¿por qué lo cree usted?

—Dígame —le contesté con una pregunta—, parece ser que nuestro marqués está al corriente de todos los secretos familiares, ¿no?

—Y a usted ¿le interesaría saberlo? —preguntó Polina, lanzándome una mirada severa y seria.

—Claro. Si no me equivoco, el general ha tenido tiempo de pedirle dinero prestado.

—Adivina usted muy bien.

—¿Le habría prestado dinero, si no conociera lo de la abuelita? ¿Se ha fijado usted hoy, durante la comida? Al hablar de la abuela, la ha llamado dos o tres veces «abuelita». ¡Qué relaciones tan amistosas e íntimas!

—Sí, tiene usted razón. En cuanto se entere de que me corresponde parte del testamento, pedirá mi mano. ¿Era esto lo que deseaba saber?

—¿Dice «pedirá»? Yo creía que hacía tiempo que lo había hecho.

—¡Sabe usted perfectamente que no! —dijo Polina, irritada—. ¿Dónde ha conocido al inglés? —añadió, tras un breve silencio.

—Sabía que me haría usted esa pregunta.

Le conté, pues, mis anteriores encuentros con el señor Astley, durante el viaje.

—Es tímido y enamoradizo y, claro está, se ha enamorado de usted, ¿verdad?

—Sí, se ha enamorado de mí —contestó Polina.

—Y, por supuesto, es diez veces más rico que el francés. Por cierto, ¿dispone de alguna fortuna el francés? ¿Están ustedes seguros?

—Segurísimos. Tiene un *château*. Ayer mismo me habló de ello el general. ¿Está usted satisfecho?

—Yo, en su lugar, me casaría con el inglés.

—¿Por qué? —preguntó Polina.

—El francés es más guapo, pero más canalla. Mientras que el inglés, además de honrado, es diez veces más rico —respondí con aspereza.

—Así es, en efecto, pero el francés es marqués y, además, inteligente —contestó Polina sin inmutarse.

—Pero ¿está usted segura? —continué en el mismo tono.

—Completamente.

A Polina le molestaban vivamente mis preguntas. En el tono y la insolencia de sus respuestas veía yo el deseo de irritarme. Se lo dije al momento.

—No sabe usted cómo me divierte ver lo furioso que se pone. Tiene usted que pagar, aunque solo sea por permitirle yo hacer semejantes preguntas y conjeturas.

—Me considero con el derecho de hacerle a usted toda clase de preguntas —contesté con tranquilidad—, porque estoy dispuesto a pagarlas a cualquier precio, ya que, actualmente, no valoro mi vida en nada.

Polina lanzó una carcajada.

—La última vez, en Schlangenberg, me dijo usted que estaba dispuesto a tirarse de cabeza a la primera palabra mía, y aquello tiene, creo, mil pies. Algún día acabaré por pronunciar esa palabra, únicamente para ver cómo va usted a pagar. Y, créame, sabré dominarme. Le odio por haberle permitido ir tan lejos, y le odio más porque le necesito tanto. Y, mientras le necesite, tengo que cuidarle.

Empezó a levantarse. Estaba irritada. En los últimos tiempos, siempre terminaba sus conversaciones conmigo irritada y resentida, realmente resentida.

—Permítame preguntarle: ¿qué significa mademoiselle Blanche? —le pregunté; no quería dejarla marchar sin que me diera algunas explicaciones.

—Ya sabe usted qué significa mademoiselle Blanche. Nada ha cambiado desde entonces. Mademoiselle Blanche llegará a ser la generala, naturalmente si se confirma el rumor de la muerte de la abuela, desde luego, ya que mademoiselle Blanche y su madre y su marqués, *cousin*[5] tercero, o lo que sea, todos saben que estamos arruinados.

—¡Y el general está perdidamente enamorado!

—No es eso. Escuche: tome estos setecientos florines y vaya a jugar, gane en la ruleta todo lo que pueda. Necesito dinero por encima de todo.

Dicho esto, llamó a Nádienka y se dirigió al casino, donde se unió a los demás. Yo torcí por el primer camino que encontré a la izquierda, pensativo y sorprendido. La orden de dirigirme a la ruleta fue para mí como un golpe en la cabeza. Era curioso: tenía muchas cosas en que pensar, pero me entregué por entero al análisis de

---

[5] Primo.

mis sentimientos hacia Polina. La verdad es que me había sentido mejor en aquellas dos semanas de ausencia, a pesar de que durante el viaje creí volverme loco de angustia. Me agitaba como un poseso, y hasta en sueños la tenía ante mis ojos. Una vez —ocurrió esto en Suiza—, me quedé dormido en el vagón y empecé, al parecer, a hablar en voz alta con Polina, lo cual desató la hilaridad de todos los viajeros. De nuevo volví a hacerme la misma pregunta: ¿la quiero?, y de nuevo no supe contestarme. Es decir, de nuevo, por centésima vez, me repetía que la odiaba. ¡Había momentos —siempre que terminábamos de hablar— en que habría podido hundirle lentamente un cuchillo en el pecho, lo habría hecho con placer! Y, sin embargo, juro por todo lo que hay de sagrado que si en Schlangenberg, en aquella cumbre de moda, ella me habría dicho «tírese», habría cumplido sus órdenes igualmente con placer. Lo sabía, y, de una u otra forma, yo tenía que encontrar salida a aquella situación. Ella lo comprendía perfectamente, y la idea de que yo mismo estaba convencido y era consciente de la inaccesibilidad de su persona, de la imposibilidad de que se cumplieran mis fantasías, esta idea, estoy seguro, le causaba un profundo placer. De no ser así, ¿cómo habría podido ella, inteligente y cautelosa como era, haber establecido conmigo unas relaciones tan francas y estrechas? Yo temía que ella viera en mí lo que aquella emperatriz antigua en sus esclavos, ante los que se desnudaba por no considerarlos seres humanos. Tantas veces se había negado a tratarme como a un ser humano...

Pero yo había recibido una orden: ganar a la ruleta por encima de todo. No me quedaba tiempo para pensarlo. ¿Por qué y para qué tenía yo que ganar el dinero con tanta urgencia y qué nuevos planes habían surgido en aquella cabeza, siempre tan calculadora? Además, se habrían acumulado durante aquellas dos semanas una infinidad de hechos que yo desconocía. Tenía que adivinarlo todo, penetrar en todo, y lo antes posible. Pero en aquel momento no podía hacerlo. Me esperaba la ruleta.

II

Debo reconocer que todo aquello me desagradaba. Había decidido jugar, es verdad; pero no estaba dispuesto a hacerlo para los demás. Esto incluso me confundía en cierto modo, y entré en las salas de juego con un sentimiento de desagrado. Al principio, todo me disgustó. Jamás he podido soportar ese tufillo lacayuno que impregna las crónicas de la prensa mundial, y muy especialmente de la rusa, al hablar, casi todas las primaveras, de dos cosas: primero, del extraordinario esplendor y lujo de las salas de juego en las ciudades ruleteras del Rin, y, segundo, de las montañas de oro que, según los periódicos, yacen sobre las mesas. Nadie les paga por eso. Lo hacen por un servilismo totalmente desinteresado. No hay tal esplendor en esas sórdidas salas, y, en cuanto al oro, me atrevería a afirmar que prácticamente ni en montones ni de ninguna otra forma aparece sobre las mesas. Claro está, no pasa la temporada sin que algún tipo extravagante, inglés, asiático, o un turco, como el verano pasado, gane o pierda una suma fabulosa; la mayoría se juega unos pocos florines, y lo corriente es que en las mesas escasee el dinero. Cuando entré en la sala de juego, era la primera vez en mi vida, estuve cierto tiempo sin decidirme a jugar. Me aturdía aquella muchedumbre. Pero, aunque hubiera estado solo, aun entonces, creo, antes me hubiese ido que puesto a jugar. Debo confesar que sentía latir fuertemente el corazón y que me faltaba aplomo. Probablemente, yo ya sabía y había decidido hacía tiempo que no saldría más de Ruletenburgo; que algo radical y definitivo iba a ocurrir en mi vida. Así tiene que ser y así será. Y por muy ridículo que parezca que yo espere para mí tanto de la ruleta, más ridícula es todavía la opinión común, admitida por todos, de que es absurdo y estúpido esperar algo del juego. Y, ¿por qué el juego iba a ser un medio de ganar dinero peor, digamos, que el comercio? Es verdad, en efecto, que gana uno de cien. Y a mí, ¿qué me importa?

De todos modos, decidí observar al principio y no jugar en serio aquella tarde. De haber ocurrido algo aquel día, habría sido casual y sin consecuencias, y ya lo había aceptado de antemano. Tenía que empezar por estudiarme el juego. Pues, a pesar de las mil descripciones de la ruleta que había leído con tanta avidez, no comprendía absolutamente nada de su funcionamiento hasta que no lo vi personalmente.

Ante todo, aquello me pareció sucio, moralmente inmundo y sucio. No lo digo por esos rostros, ávidos e inquietos, que rodean por docenas, incluso por centenares, las mesas de juego. Decididamente, yo no veo nada sucio en el deseo de ganar cuanto antes y la mayor cantidad posible; siempre me pareció francamente estúpida la idea de un moralista bien alimentado y rico, quien, ante la justificación de alguien de que «no jugaba fuerte», contestaba: «Tanto peor, su codicia es mezquina». En efecto, no es lo mismo una gran codicia que una codicia mezquina. Es una cuestión proporcional. Lo que a ojos de un Rothschild es una mezquindad, para mí es una gran riqueza, y, en cuanto a provecho y lucro, los hombres no solo en la ruleta, sino en todas partes, no persiguen más que un fin: ganar o quitarle algo a los demás.

Otra cosa muy distinta es si son o no sórdidos el dinero y la ganancia. Pero aquí no pienso planteármelo, puesto que yo mismo me sentía poseído en alto grado por el deseo de ganar; toda esa avidez y esa ávida suciedad suponían para mí, ¿cómo decirlo?, algo entrañable, íntimo. No hay nada más agradable que ver a los hombres comportarse sin cumplidos, actuar de forma abierta y franca. ¿Para qué engañarse? ¡Inútil y costosa ocupación! A primera vista, lo más desagradable en toda aquella chusma de ruleta era el respeto que sentían por el juego, la seriedad y hasta la veneración con que rodeaban las mesas. Por eso aquí se distinguen claramente el juego denominado *mauvais genre*[1] y el permitido a una persona respetable. Hay dos clases de juego: uno, de caballeros; otro, plebeyo, ávido de ganancias, el juego de la canalla. Aquí todo está rigurosamente delimitado, ¡y hasta qué punto es infame esta delimitación! Un caballero, por ejemplo, puede jugarse cinco o diez luises, rara vez más. Puede, también, jugarse incluso mil francos, si es muy rico, pero por el propio juego, por puro entretenimiento, por el placer de observar el proceso de ganancias y pérdidas, pero jamás interesándose por el dinero. Si gana, puede, por ejemplo, reír en voz alta, hacer una observación a alguien que esté cerca, incluso jugar otra vez, doblar la apuesta, pero solo por curiosidad, para observar las posibilidades, calcular, y no

[1] De mal tono.

por el deseo plebeyo de ganar. En una palabra, debe ver en todas esas mesas de juego, ruletas, *trente et quarante*,[2] simples medios de diversión, hechos únicamente para su placer. No debe, siquiera, sospechar la existencia del provecho ni de la trampa en que se basa la banca. No estaría nada, pero que nada mal si todos los demás jugadores, la chusma que tiembla por unos florines, le parecieran ricos caballeros como él mismo, que jugaran únicamente por entretenerse y pasar el tiempo. Este absoluto desconocimiento de la realidad y esta idea cándida acerca de los hombres resulta, naturalmente, muy aristocrática. Yo he visto a muchas madres empujar hacia las mesas de juego a sus inocentes y encantadoras hijas de quince y dieciséis años, darles unas cuantas monedas de oro y enseñarles a jugar. La señorita podía ganar o perder, pero siempre debía mostrarse sonriente y con gesto satisfecho al apartarse de las mesas.

El general se acercó a la mesa con gesto imponente y serio; el lacayo se precipitó para ponerle una silla. El general no vio al lacayo. Lentamente sacó el portamonedas, lentamente extrajo de él trescientos francos en oro, los colocó sobre el negro y ganó. No cogió lo ganado. Lo dejó en la mesa. Volvió a salir negro. Y de nuevo no recogió el dinero; y cuando a la tercera vez salió rojo, había perdido de golpe mil doscientos francos. Se apartó sonriente, con pleno dominio de sí mismo. La procesión, estoy seguro, andaba por dentro, y, de haber sido la apuesta dos o tres veces mayor, no habría podido dominarse y ocultar la emoción. He sido testigo de cómo un francés, que al principio ganaba, perdió de golpe unos treinta mil

[2] Treinta y cuarenta.

francos, todo ello alegremente y sin que dejara asomar la más mínima emoción. Un auténtico caballero, aunque haya perdido toda su fortuna, no debe exteriorizar sus sentimientos: un caballero tiene que estar por encima del dinero, este no debe preocuparle. Naturalmente, lo más aristocrático es ignorar toda esta inmundicia, toda esa chusma, todo ese ambiente. Aunque, a veces, resulte no menos aristocrático proceder a la inversa, es decir, observar, con un anteojo, por ejemplo, toda esa canalla; pero a condición de aceptar esa muchedumbre y esa inmundicia como una especie de diversión, como una función destinada a entretener al caballero. Puede uno, incluso, codearse con la chusma, siempre y cuando la mirada denote el absoluto convencimiento de no formar parte de ella. Claro está, tampoco se debe mirar con demasiado detenimiento: no sería digno de un caballero. El espectáculo no merece una mirada detenida. Además, ¡hay pocos espectáculos dignos de la mirada detenida de un caballero! Sin embargo, a mí, personalmente, todo aquello me parecía muy digno de un detenido estudio, sobre todo por parte de quien, como yo, no se encontraba allí como mero observador, sino que se consideraba, sincera y concienzudamente, parte integrante de aquella canalla. Por lo que a mis convicciones morales más íntimas se refiere, aquí, naturalmente, no hay lugar a ellas. Así es. Lo digo para tener la conciencia tranquila. Una cosa quisiera señalar: últimamente me ha repugnado en modo extremo intentar establecer una medida moral, de cualquier índole, para mis actos y pensamientos. Otros motivos me impulsan a actuar. Hay que reconocer que la chusma juega suciamente. Pienso, incluso, que aquí, junto a las mesas, abundan los robos vulgares. Los *croupiers* que están en ambas puntas de las mesas tienen mucho que hacer: seguir las apuestas, pagar. ¡Menudos granujas estos, también! Franceses en su mayoría. Observo y anoto mentalmente todo; no lo hago por el afán de descubrir la ruleta; pretendo adaptarme yo, saber cómo debo comportarme en el futuro. Por ejemplo, he podido observar frecuentemente cómo, de pronto, alguien alargaba la mano y se llevaba el dinero que había ganado. Se entabla la discusión, surgen los gritos, y aquí le tiene usted a uno buscando testigos, intentando demostrar que la apuesta era suya.

Al principio, todo aquello era para mí poco menos que incomprensible; empezaba tan solo a adivinar y conjeturar que se apostaba a números pares y nones, y a colores. Decidí jugarme aquella noche cien florines del dinero de Polina Alexándrovna. No me lo podía explicar, pero la idea de no jugar para mí, sino para otro, me desconcertaba. Era una sensación extremadamente desagradable, y procuré liberarme de ella cuanto antes. Tenía la impresión de arruinar mi propia felicidad al jugar para Polina. ¿Sería acaso imposible acercarse a una mesa de juego sin contagiarse de supersticiones? Empecé por sacar cinco federicos de oro, es decir, cincuenta florines, y apostar a los pares. La ruleta giró y salió el trece. Había perdido. Con una sensación extraña, casi enfermiza, y con el único propósito de acabar de una vez e irme, puse otros cinco federicos al rojo. Gané. Puse los diez federicos. Y salió otra vez rojo. Puse todo de golpe, y de nuevo rojo. Cuando me dieron cuarenta federicos, puse veinte sobre los doce números centrales, sin saber qué saldría de aquello. Me pagaron el triple. De este modo, los diez federicos se habían convertido de golpe en ochenta. Incapaz de soportar una extraña y singular sensación que se había apoderado de mí, decidí marcharme. Tenía la impresión de no haber jugado como lo habría hecho si hubiese sido para mí. Y, sin embargo, puse los ochenta federicos de nuevo en el par. Salió el cuatro. Me dieron otros ochenta federicos. Cogí mi montón de ciento sesenta federicos y me fui a buscar a Polina Alexándrovna.

Todos se habían ido al parque y únicamente la vi durante la cena. El francés no estaba con ellos, y el general aprovechó la ocasión para volver a la carga. Insistió, entre otras cosas, en que no deseaba verme ante una mesa de juego. En su opinión, podría comprometerle en caso de perder. «Pero, aunque ganara usted mucho, también me sentiría comprometido —añadió gravemente—. Claro está, yo no puedo disponer de sus actos, pero estará usted de acuerdo...». No terminó la frase, como de costumbre. Le respondí secamente que, puesto que disponía de muy poco dinero, poco podía perder, aun en el caso de que jugara.

Al subir a mi habitación, pude entregarle a Polina Alexándrovna el dinero y le comuniqué que, en adelante, no pensaba jugar para ella.

—¿Y por qué?

—Pues porque deseo jugar para mí —le contesté, mientras la observaba con gesto sorprendido—. Y el hacerlo para usted me lo impide.

—Entonces ¿sigue usted tan convencido de que la ruleta es su única salida y salvación? —me preguntó irónica.

Le contesté muy serio que sí, y que mi seguridad de ganar era ridícula, de acuerdo, pero que únicamente deseaba «que me dejaran en paz».

Polina Alexándrovna insistía en repartir las ganancias a medias conmigo y quería darme ochenta federicos, al tiempo que me proponía jugar en lo sucesivo en las mismas condiciones. Me negué categóricamente a aceptar el dinero y le dije que no quería jugar para los demás, y no por falta de deseo, sino por creer que iba a perder.

—Debo reconocer que, por muy absurdo que parezca, yo también tengo puestas mis esperanzas en la ruleta —dijo pensativa—. Por eso debe usted seguir jugando conmigo; tiene que hacerlo.

Se fue sin querer escuchar mis objeciones.

III

Y, sin embargo, ayer no me volvió a hablar del juego en todo el día. En realidad, evitó dirigirme la palabra. Su actitud hacia mí no ha cambiado. Idéntica indiferencia en el trato, y hasta un no sé qué de desprecio y de odio. No intenta ocultar la repugnancia que le inspiro. Lo veo; aunque tampoco oculta que me necesita y que por eso me reserva para algo. Se han establecido entre nosotros unas relaciones extrañas, en cierto modo incomprensibles para mí, si tengo en cuenta su soberbia y orgullo en el trato con la gente. Saber, por ejemplo, que la quiero locamente y me permite hablarle de mi pasión. No podría expresarme mejor su desprecio que dejándome hablar libremente y sin censura de mi amor. «Valoro en tan poco tu afecto —parecía decir— que no me importan ni tus palabras ni tus sentimientos». Siempre me había hablado mucho de sus problemas, pero jamás con tanta franqueza. En su desprecio llegaba a refinamientos como este: sabía, supongamos, que yo estaba al corriente de alguna circunstancia de su vida; algo que la preocupaba mucho. Ella misma me la contaba si tenía después que utilizarme de esclavo o de recadero, pero me contaba lo imprescindible que debe saber todo recadero; y aunque yo desconociera el encadenamiento de los acontecimientos, aunque viese que yo padecía sus mismos sufrimientos y preocupaciones, nunca se dignaba tranquilizarme con una franqueza amistosa. Y, sin embargo, me utilizaba para diligencias no solo complicadas, sino peligrosas, y, por lo tanto, debería, en mi opinión, ser franca conmigo. Pero ¿iba ella a interesarse acaso por mis sentimientos, inquietarse por mis preocupaciones y angustias a causa de ella, preocupaciones y angustias mil veces peores que las suyas?

Hacía, por lo menos, tres semanas que conocía su intención de jugar a la ruleta. Ella misma me previno, diciéndome que debía jugar en su lugar, pues no estaría bien visto que lo hiciera ella personalmente. Por el tono de su voz, comprendí que se trataba de algo serio y no de un mero capricho. ¡Qué le importaba a ella el dinero! Había un propósito, unas circunstancias que yo podía adivinar, pero que hasta el momento desconocía. Cierto que las humillaciones y la esclavitud a que me tenía sometido me concedían —esto ocurre a menudo— el derecho a interrogarla sin preámbulos ni miramientos. Puesto que yo era su esclavo y demasiado insignificante para ella, no tenía por qué ofenderse por mi brutal curiosidad. En efecto, Polina me permitía preguntar, pero no me contestaba. A veces, ni siquiera parecía oír mis preguntas. ¡Así eran nuestras relaciones!

Ayer se habló mucho del telegrama, todavía sin respuesta, enviado hace cuatro días a Petersburgo. El general está inquieto y pensativo. Sin duda se trata de la abuela. También el francés anda inquieto. Después de comer estuvieron los dos hablando largo y tendido. El francés ha adoptado con todos un tono altivo y desdeñoso. Es lo que dice el refrán: das el pie y te toman la mano. Incluso en el trato con Polina, ha llegado a estar impertinente y grosero. Por lo demás, participa gustosamente en los paseos, cabalgatas y excursiones a los alrededores de la ciudad. Hace tiempo que conozco algunas de las circunstancias que unen al general y al francés: habían proyectado juntos establecer una fábrica en Rusia. No sé si aquel proyecto fracasó o si siguen pensando en él. Además, conozco casualmente parte del secreto familiar: hace un año, el francés sacó al general de un grave apuro prestándole los treinta mil rublos que este debía reponer al dimitir de su cargo. Por supuesto, tiene al general bien cogido. Pero ahora el papel principal corresponde a mademoiselle Blanche. Estoy seguro de no equivocarme.

¿Quién es mademoiselle Blanche? Se dice que es una francesa noble, que viaja con su madre y que dispone de una enorme fortuna. Se sabe, además, que es pariente lejana del marqués, algo así como prima segunda o tercera. Dicen que antes de mi viaje a París, las relaciones entre ella y el marqués eran más ceremoniosas, más delicadas y finas; después, su amistad y parentesco parecen haberse hecho más íntimos y más descarados. Quizá consideren nuestra situación tan mala que no crean necesario andarse con cumplidos ni ocultarlo.

Hace un par de días estuve observando la forma en que el señor Astley miraba a mademoiselle Blanche y a su madre. Me pareció que las conocía. Creí adivinar incluso que el francés y el señor Astley se habían encontrado anteriormente. Pero el señor Astley es tan tímido, tan vergonzoso y reservado que no conservo la mínima esperanza de sonsacarle algo. No conseguiré sacar a relucir los trapos sucios de la familia. Por lo demás, el francés apenas le saluda ni le presta casi atención. Es de presumir que no le teme. Pero ¿por qué mademoiselle Blanche parece también ignorarle? Tanto más cuando ayer el marqués se fue de la lengua durante la comida. No recuerdo de qué se hablaba cuando, de pronto, dijo que el señor Astley era inmensamente rico y que él lo sabía muy bien. Ni aun entonces fijó su mirada mademoiselle Blanche en el inglés. En una palabra, el general está inquieto. Es comprensible su estado en espera del telegrama anunciándole la muerte de la tía.

Aunque estaba casi seguro de que Polina evitaba con toda intención hablar conmigo, adopté una actitud fría e indiferente; esperaba que de un momento a otro se acercara a mí. Ayer y hoy he dedicado toda mi atención a mademoiselle Blanche. ¡Pobre general! ¡Está irremisiblemente perdido! Enamorarse a los cincuenta años y con tanta pasión, ¡vaya desgracia! Añada a esto su viudez, sus hijos, su finca completamente arruinada, las deudas y la clase de mujer de la que se ha enamorado. Mademoiselle Blanche es bella. Pero no sé si me haré entender si digo que tiene uno de esos rostros que inspiran miedo. Yo, al menos, siempre he temido a mujeres así. Tendrá unos veinticinco años. Es alta, de hombros anchos y cuadrados. Hermoso pecho y cuello. La piel, mate; los cabellos, negros y abundantes; podría hacerse con ellos dos peinados. Los ojos negros, con el blanco amarillento, son de expresión descarada. Los dientes blanquísimos, los labios siempre pintados. Se desprende de ella un olor a almizcle. Viste de forma llamativa, con lujo, pero con mucho gusto. Sus manos y sus pies son admirables. Tiene voz de contralto, un poco ronca. A veces, ríe a carcajadas, mostrando todos sus dientes; pero generalmente mira en silencio y con descaro; al menos, en presencia de

Polina y Maria Filíppovna. (Corre un extraño rumor: Maria Filíppovna se marcha a Rusia).

A mí, mademoiselle Blanche me parece una mujer ignorante, quizá hasta poco inteligente, pero astuta y recelosa. Tengo la impresión de que en su vida no han faltado aventuras. Si soy franco hasta el fin, diré que es muy posible que el marqués no sea pariente suyo, y que su madre no sea su madre. Aunque, por otra parte, sabemos que en Berlín, que fue donde las conocimos, su madre y ella tenían algunas amistades entre gentes respetables. En cuanto al marqués, si es verdad que yo tengo mis sospechas acerca de su título, nadie, al parecer, ha puesto en duda su pertenencia a la buena sociedad, ni en Moscú ni siquiera en algunos lugares de Alemania. Ignoro qué es en Francia. Dicen que posee allí un *château*. Imaginé que en estas dos semanas habían ocurrido muchas cosas; sin embargo, todavía no sé con seguridad si entre mademoiselle Blanche y el general han decidido algo en serio. Todo depende de la fortuna de la familia, es decir, de que el general pueda mostrarles mucho dinero. Si se recibiera la noticia de que la abuela no ha muerto, estoy seguro de que mademoiselle Blanche desaparecería. Es curioso e incluso me divierte observar hasta qué punto me he vuelto chismoso. ¡Qué harto estoy de todo esto! ¡Con qué gusto abandonaría a todos y a todo! Pero ¿puedo yo acaso abandonar a Polina? ¿Puedo no espiar en torno a ella? Espiar es una vileza, de acuerdo, ¿y a mí qué?

Llevo dos días observando con curiosidad al señor Astley. Estoy convencido de que se ha enamorado de Polina. Es curioso y divertido advertir cuánto puede expresar a veces la mirada de un enamorado tímido y de una pudibundez enfermiza, precisamente en el momento en que preferiría que se lo tragara la tierra antes que traicionarse con una frase o una mirada. Nos encontramos a menudo al señor Astley en nuestros paseos. Se quita el sombrero y prosigue su camino, a pesar de que está muriéndose de ganas de unirse a nosotros. Si se le invita, declina el ofrecimiento en el acto. En los lugares de esparcimiento, en el casino, en el quiosco de música o ante la fuente, se para inevitablemente cerca de nuestro banco; y dondequiera que estemos, en el parque, en el bosque, o en Schlangenberg, basta echar una mirada alrededor para distinguir —en algún sitio en el sendero más próximo o tras un arbusto— la silueta del señor Astley. Me parece que está buscando la ocasión de hablar conmigo a solas. Esta mañana nos hemos encontrado y hemos cruzado un par de palabras. A veces habla de forma entrecortada. Sin siquiera saludar, me ha espetado: «¡Mademoiselle Blanche... He visto yo muchas mujeres como mademoiselle Blanche!». Se ha callado y me ha mirado de un modo significativo. No sé qué ha pretendido decirme con eso. Ante mi pregunta: «¿Qué significa esto?», se ha limitado a hacer un gesto con la cabeza y sonreír maliciosamente; después ha añadido:

—Pues eso..., ¿le gustan las flores a mademoiselle Polina?

—No lo sé. No tengo idea —le he contestado.

—¡Cómo! ¿Ni siquiera sabe eso? —ha exclamado con gran asombro.

—No lo sé, no me he fijado —he repetido, riéndome.

—¡Hum! Esto me hace pensar en una cosa...

Me ha saludado y ha proseguido su camino. Tenía un aire satisfecho. Hablamos los dos en un francés pésimo.

IV

Hoy ha sido un día ridículo, fastidioso, absurdo. Son las once de la noche. Metido en mi cuartucho, vuelvo a recordar lo ocurrido. Todo ha empezado porque esta mañana me he visto obligado a jugar para Polina Alexándrovna. Le he cogido los ciento sesenta federicos de oro, aunque con dos condiciones: primera, que yo no estaba dispuesto a jugar a medias, es decir, en caso de ganar, no aceptaría para mí nada; y segunda, por la tarde Polina se comprometía a explicarme por qué tenía tanta necesidad de dinero y qué cantidad era la que precisaba. No puedo creer que sea por simple afán de dinero. Tiene que existir alguna razón especial. Prometió darme explicaciones y yo fui a jugar.

Las salas de juego estaban repletas de público. ¡Cuánta insolencia y cuánta avidez! Me abrí paso entre la muchedumbre y me coloqué junto al propio *croupier*. Empecé a jugar tímidamente, arriesgando cada vez dos, tres monedas. Entretanto, observaba. Tengo la impresión de que el cálculo previo vale para poco y, desde luego, no tiene la importancia que le atribuyen muchos jugadores: llevan papel rayado, anotan las jugadas, hacen cuentas, deducen las probabilidades, calculan; por fin, apuestan y pierden. Igual que nosotros, simples mortales, que jugamos sin cálculo alguno. He llegado, sin embargo, a una conclusión, al parecer, justa: existe, en efecto, si no un sistema, por lo menos cierto orden en la sucesión de probabilidades casuales, lo cual es muy extraño. Suele ocurrir, por ejemplo, que, tras las doce cifras centrales, salgan las doce últimas. Cae, por ejemplo, dos veces en las doce últimas y pasa a las doce primeras. De las doce primeras, vuelve a las centrales: sale tres o cuatro veces seguidas y de nuevo pasa a las doce últimas. Tras dos vueltas, cae sobre las primeras, que no salen más que una vez, y las cifras centrales salen sucesivamente tres veces. Esto se repite durante hora y media o dos horas. Uno, tres y dos; uno, tres y dos. Resulta muy divertido. Hay días, mañanas, en que el negro alterna con el rojo, casi en constante desorden, de modo que ni el rojo ni el negro salen más de dos o tres veces seguidas. Al día siguiente, o la misma tarde, sale el rojo hasta veinticinco veces sucesivas, y continúa así durante algún tiempo, a veces durante todo el día.

En parte, he sabido todo esto gracias al señor Astley, que se ha pasado la mañana entera junto a las mesas de juego, aunque no ha apostado ni una sola vez. Yo, sin embargo, muy pronto me he quedado sin blanca. Aposté a los pares veinte federicos de oro y gané; volví a poner, y de nuevo gané. Y así, dos o tres veces. En unos cinco minutos había reunido casi cuatrocientos federicos de oro. Era el momento de irme, pero una extraña sensación se apoderó de mí, algo así como un desafío al destino, un deseo de burlarme de él, de sacarle la lengua. Hice la máxima apuesta permitida, cuatro mil florines, y los perdí. En un arrebato saqué el resto, repetí la jugada y de nuevo perdí.

Me aparté de la mesa completamente aturdido. No podía comprender lo que me había pasado, y hasta el momento de sentarnos a comer no le conté lo ocurrido a Polina Alexándrovna. Hasta entonces estuve dando vueltas por el parque. Durante la comida, me he encontrado en el mismo estado de excitación que hacía tres días. El francés y mademoiselle Blanche han comido con nosotros. Mademoiselle Blanche ha estado esta mañana en las salas de juego y ha visto mi hazaña. Hoy se ha mostrado más atenta conmigo. El francés no se ha andado con ambages ni rodeos y me ha preguntado sencillamente si me había gastado mi propio dinero. Creo que sospecha de Polina. Veo que algo pasa. Le he mentido y le he dicho que sí, que era mío.

El general estaba asombrado. ¿De dónde había sacado yo tanto dinero? Le he explicado que había empezado con diez federicos de oro, y doblando la apuesta cada vez habían bastado seis o siete jugadas seguidas para ganar cinco o seis mil florines, y que en dos jugadas lo había perdido todo.

Mis explicaciones no resultaban inverosímiles. Mientras las exponía, he observado a Polina, pero no he podido leer nada en su rostro. El caso es que me ha dejado mentir y no me ha corregido. De esto he sacado la conclusión de que mi deber era mentir y ocultar que jugaba para ella. De todos modos, pensaba yo, me debe una explicación y me ha prometido contármelo todo esta tarde.

Esperaba que el general me hiciera alguna observación, pero se ha callado. Sin embargo, he podido advertir por su rostro que estaba agitado e inquieto. Además, en circunstancias tan difíciles para él, le desagradaba oír que un estúpido imprudente como yo había ganado y perdido una cantidad tan respetable de oro en un cuarto de hora.

Supongo que anoche tuvo algún altercado fuerte con el francés. Estuvieron hablando larga y acaloradamente, encerrados en una habitación. El francés parecía irritado al marcharse, y esta mañana ha vuelto, por lo visto, para continuar la conversación.

Al enterarse de mi pérdida, el francés, sarcástico y hasta con maldad, me ha dicho que debería ser más prudente. No sé por qué ha considerado necesario añadir que, si es verdad que son muchos los rusos que juegan, no sirven ni siquiera para el juego.

—A mí, sin embargo, me parece que la ruleta se ha hecho solo para los rusos —le dije.

Al ver su sonrisa despectiva, añadí que, desde luego, la razón estaba totalmente de mi parte, pues, cuando hablaba de que los rusos eran jugadores, pretendía más censurarlos que alabarlos, y que, por lo tanto, podía creerme.

—¿Y en qué basa su opinión? —preguntó el francés.

—En que históricamente la facultad de adquirir riquezas ha entrado a formar parte del catecismo del hombre occidental civilizado, y hasta ha llegado a convertirse, si me apura, en su artículo fundamental. Mientras que el ruso, además de ser incapaz de adquirir capitales, los dilapida de forma absurda e inútil. Pero, puesto que nosotros también necesitamos el dinero —añadí—, nos alegra mucho encontrar procedimientos tales como la ruleta, y somos muy aficionados a ellos, con los que en un par de horas se puede ganar una fortuna sin necesidad de trabajar. Es algo que nos seduce enormemente, pero como jugamos a lo tonto, sin tomarnos el menor trabajo, siempre perdemos.

—En parte, tiene usted razón —dijo el francés, satisfecho.

—No, es falso, debería usted avergonzarse de hablar así de su patria —observó el general, imponente y severo.

—Perdone —le respondí—, pero no sé qué es más repugnante, si la indecencia de los rusos o el método alemán de acumulación mediante el trabajo honrado.

—¡Qué idea tan repulsiva! —exclamó el general.

—¡Qué idea tan rusa! —exclamó el francés.

Yo me divertía, sentía un deseo imperioso de enfrentarlos.

—Prefiero pasarme toda la vida como un nómada, en una tienda de kirguises —exclamé a mi vez—, que adorar al ídolo alemán.

—¿A qué ídolo? —gritó el general, que ya empezaba a enfadarse de verdad.

—A la forma alemana de acumulación de riquezas. Llevo poco tiempo aquí, pero lo que he podido observar y comprobar exaspera mi naturaleza tártara. ¡No quiero saber nada de semejantes virtudes! Ayer tuve tiempo de dar una vuelta por los alrededores. Todo es exactamente como en esos libros moralizantes alemanes con ilustraciones: en cada casa está el *Vater*,[1] tan virtuoso y tan honesto. Da hasta miedo acercarse a él de puro honrado que es. No soporto a las gentes honradas, a las que da miedo acercarse. Todo *Vater* tiene su familia, y por las tardes leen juntos en voz alta libros edificantes. De fuera llega el rumor de los castaños y los olmos. El sol se pone, en el tejado hay una cigüeña y todo resulta tan poético y

[1] Padre.

tan conmovedor... No se enfade, general, déjeme que se lo cuente de forma aún más conmovedora. Yo mismo recuerdo cómo mi difunto padre nos leía por las tardes, bajo los tilos, libros semejantes, a mi madre y a mí... Ya ve usted que puedo hablar de esto con conocimiento de causa. Aquí, una familia así vive en la más absoluta esclavitud y obediencia al *Vater*. Todos trabajan como bueyes y ahorran dinero como judíos. Supongamos que el *Vater* ha ahorrado unos florines y cuenta con el primogénito para transmitirle su oficio o las tierras. Para eso, no se da dote a las hijas y estas se quedan solteras. Para eso, se vende al hijo menor como criado o como soldado, y el dinero se une al capital familiar. Créanme, esto aquí se hace: me he informado bien. Y se hace por honradez, por honradez redoblada, hasta el punto de que el hijo menor cree que lo han vendido por honradez. Y esto ya es el ideal, cuando la propia víctima es feliz de que la inmolen. Y, luego, ¿qué? Que también el primogénito pasa lo suyo: tiene a su Amalchen, a la que se siente sentimentalmente unido, pero con la que no puede casarse porque no han ahorrado bastantes florines. También esperan, virtuosos y sinceros, y van a la inmolación con una sonrisa en los labios. Las mejillas de Amalchen se hunden. Ella se marchita. Pero pasan veinte años y los bienes se han multiplicado: ya han ahorrado bastantes florines honesta y virtuosamente. El *Vater* bendice al hijo cuarentón y a la Amalchen de treinta y cinco años, de pecho seco y la nariz colorada... y el *Vater* llora, les echa un sermón y muere. El primogénito se convierte a su vez en un *Vater* virtuoso, y la historia se repite. A los cincuenta o setenta años, el nieto del primer *Vater* ya ha acumulado un capital considerable y se lo transmite a su hijo, y este, al suyo.

Y a la quinta o sexta generación aparece el mismísimo barón Rothschild, o Hoppe y Compañía, ¡o el diablo sabe el qué! ¡Qué espectáculo tan grandioso: el trabajo heredado de generación en generación durante cien o doscientos años de paciencia, inteligencia, honradez, carácter, firmeza, cálculo y una cigüeña en el tejado! ¿Qué más quiere usted? Nada más sublime, y desde su altura ellos mismos empiezan a juzgar al mundo y a castigar a los culpables, es decir, a todos los que no sean completamente iguales a ellos. Ya ven ustedes, prefiero entregarme al libertinaje a la rusa o a hacer fortuna en la ruleta. No quiero convertirme en Hoppe y Compañía dentro de tres generaciones. Necesito el dinero para mí mismo; yo no me considero una especie de apéndice necesario del capital. Sé que he hablado más de la cuenta. Pero no importa. Estas son mis convicciones.

—No sé lo que pueda haber de verdad en sus palabras —dijo pensativo el general—, pero sí sé positivamente que se vuelve usted insufriblemente presuntuoso en cuanto se le da pie...

No terminó la frase, como de costumbre. En cuanto el general empezaba a hablar de algo que fuera un poquito más amplio que una conversación corriente, jamás terminaba las frases.

El francés escuchaba displicente, abriendo mucho los ojos. No había entendido casi nada de lo que yo había dicho. Polina miraba con indiferencia altanera. Parecía no haber escuchado la conversación en la mesa.

V

Estaba más pensativa que de costumbre, pero en cuanto nos levantamos de la mesa me ordenó que la acompañara en el paseo. Cogimos a los niños y nos dirigimos al parque, hacia la fuente.

Yo me encontraba en un estado de gran excitación y le solté de buenas a primeras:

—¿Por qué nuestro marqués Des Grieux, el francesito, no solo no la acompaña cuando sale, sino que ni siquiera le dirige la palabra durante días enteros?

—Porque es un canalla —fue su extraña respuesta.

Jamás le había oído semejante opinión de Des Grieux y me callé, pues temía comprender su irritación.

—¿Habrá notado usted que hoy no está muy a buenas con el general?

—Usted lo que quiere es saber lo que ocurre —me respondió, seca y molesta—. Como usted sabe, el francés le ha prestado dinero contra hipoteca de todos sus bienes, incluida la finca, y, como no se muera la abuela, entrará en posesión de todo.

—Ah, ¿conque es verdad que lo ha hipotecado todo? Algo había oído decir, pero no sabía que se trataba de todos sus bienes.

—¿Y qué iba a hacer?

—Entonces, adiós, mademoiselle Blanche —observé—. ¡No será generala! Sabe, yo creo que el general está tan enamorado que es capaz de suicidarse si mademoiselle Blanche le abandona. A la edad que tiene es peligroso enamorarse así.

—Yo también temo que le ocurra algo —dijo, pensativa, Polina Alexándrovna.

—¡Eso es extraordinario! —exclamé—. No es posible encontrar forma más brutal de demostrarle que se iba a casar por su dinero. Ni siquiera se guardan las formas. Sin ceremonias. ¡Magnífico! Y, en cuanto a la abuela, ¿cabe imaginarse algo más cómico y más sucio que enviar telegrama tras telegrama preguntando: «¿Ha muerto? ¿Ha muerto?». ¿Eh? ¿Qué le parece a usted?

—Tonterías —me interrumpió con gesto de asco—. Me asombra su buen humor. ¿De qué se alegra? ¿De haber perdido mi dinero?

—¿Por qué me lo dio, si lo iba a perder? Ya le dije que yo no podía jugar para los demás, y menos para usted. Yo obedezco cualquier orden suya. Pero no respondo del resultado. Ya le previne que no saldría nada. Dígame: ¿la ha afectado mucho haber perdido tanto dinero? ¿Por qué necesita una cantidad tan grande?

—¿Qué objeto tiene tanta pregunta?

—Usted misma me prometió explicármelo... Escuche, estoy totalmente convencido de que ganaré en cuanto empiece a jugar para mí (tengo doce federicos). Entonces, tendrá a su disposición todo el dinero que desee.

Hizo un gesto de desprecio.

—No se enfade conmigo —proseguí— por mi ofrecimiento. Tengo plena conciencia de ser para usted, a sus ojos, una nulidad, por eso puede admitir incluso dinero de mí. Un regalo que provenga de mí no puede ofenderla. Además, he perdido dinero que era suyo.

Me dirigió una mirada rápida y, al darse cuenta de mi tono irritado y sarcástico, volvió a interrumpir la conversación.

—Mis problemas carecen de interés para usted. Ya que desea saberlo, le diré que se trata simplemente de una deuda. Tomé dinero prestado y quisiera devolverlo. Tenía la extraña y loca idea de que iba a ganar aquí, en las mesas de juego. Yo misma no comprendo por qué, pero creía firmemente en ello. Quizá se debiera a que yo no podía elegir y esta era mi única salida.

—O porque *necesitaba* ganar por encima de todo. Es como un hombre que se va a ahogar y se agarra a una paja. Si no estuviera ahogándose, no confundiría la paja con el tronco de un árbol.

Polina se sorprendió.

—¿Y usted —me preguntó—, acaso usted no espera lo mismo? Hace un par de semanas me estuvo hablando largamente de la seguridad de ganar aquí a la ruleta e intentaba convencerme de que no le tratara por eso como a un loco. ¿O era una broma? Pero no, recuerdo que estaba usted muy serio, que no se podía tomar a broma sus palabras.

—Es verdad —respondí pensativo—. Y sigo convencido de que ganaré. Debo incluso confesarle que me ha obligado usted a hacerme a mí mismo una pregunta: ¿Por qué la absurda y estúpida pérdida de hoy no ha sembrado en mí la menor duda? Sigo plenamente convencido de que, en cuanto juegue para mí, ganaré sin falta.

—¿Por qué está usted tan seguro?

—La verdad es que no lo sé. Tan solo sé que *necesito* ganar, que también para mí es la única salida. Quizá sea por eso.

—Luego también usted *necesita* ganar por encima de todo. De lo contrario, no estaría poseído por esa fanática seguridad.

—Apostaría cualquier cosa a que usted duda de que yo sea capaz de sentir una necesidad seria.

—Me tiene sin cuidado —dijo Polina, tranquila e indiferente—. La verdad es que *sí*, dudo de que le atormente algo serio. Es usted capaz de atormentarse, pero no en serio. Es usted desordenado e inestable. ¿Para qué quiere el dinero? Todavía no he oído de usted ningún argumento sensato.

—Por cierto —la interrumpí—, dice usted que tiene que saldar una deuda. Debe de ser una deuda importante. ¿Al francés, quizá?

—¿A qué viene esta pregunta? Hoy está usted poco amable. ¿Ha bebido, o qué?

—Ya sabe usted que le consiento decirme todo y que, por eso, pregunto con franqueza. Le repito que soy su esclavo, que ante un esclavo no se avergüenza uno; un esclavo jamás puede ofender.

—¡Déjese de estupideces! No puedo soportar su teoría de la «esclavitud».

—Tenga en cuenta que no hablo así porque desee ser esclavo suyo. Me limito a señalar un hecho que de mí no depende.

—Dígame con franqueza: ¿para qué quiere el dinero?

—¿Por qué le importa saberlo?

—Como usted quiera —me contestó con un gesto de cabeza lleno de soberbia.

—No puede soportar mi teoría de la «esclavitud», pero me exige ser su esclavo: «¡responder, pero sin replicar!». Pues, bueno, le responderé. ¿Para qué quiero el dinero? ¿Cómo que «para qué»? El dinero lo es todo.

—De acuerdo; pero no es ese motivo suficiente para volverse loco. Usted llega al delirio, al fatalismo. Tiene que haber algo, un fin determinado. Hábleme sin rodeos. Es una orden.

Parecía empezar a enfadarse, y a mí me agradaba enormemente el tono colérico con que me interrogaba.

—Claro que existe un fin —le dije—, pero no sabría decirle más. Solo sé que con dinero dejaré de ser para usted un esclavo.

—¿Cómo? ¿Cómo espera conseguirlo?

—¿Que cómo lo conseguiré? ¡Se niega, incluso, a concebir que algún día yo pueda llegar a ser para usted algo más que un esclavo! Eso es precisamente lo que no deseo: ni sus asombros ni sus incomprensiones.

—¿No decía que la esclavitud era para usted un placer? Yo misma llegué a pensarlo.

—¡Usted misma llegó a pensarlo! —exclamé con extraña delectación—. ¡Qué encantadora ingenuidad la suya! Claro que sí; la esclavitud es para mí un placer. ¡Es un placer, un verdadero placer hallarse en el último grado de humillación y bajeza! —proseguí en pleno delirio—. ¡Quién sabe! Quizás el goce esté en el látigo que arranca la carne a pedazos... Mas, al parecer, por si fuera poco, busco nuevos placeres. Hoy, el general me ha estado sermoneando en la mesa, delante de usted, por setecientos rublos anuales que, probablemente, no llegue a percibir. El marqués Des Grieux, con las cejas enarcadas, me mira descaradamente y al mismo tiempo no hace caso de mi

49

presencia. ¿Cómo va usted a saber que yo, por mi parte, siento un imprescindible deseo de coger al marqués por la nariz delante de usted?

—¡Bravatas de un chiquillo! En cualquier situación puede uno comportarse con dignidad. Y si hay lucha, mejor; la lucha eleva, no humilla.

—¡Qué frases tan hermosas! Suponga por un momento que yo no sepa comportarme con dignidad. Es decir, que soy un hombre digno, eso sí, pero que no sé comportarme como tal. ¿No es usted capaz de concebir que pueda ocurrir una cosa semejante? ¡Pero si todos los rusos somos así! ¿Y sabe usted por qué? Porque los rusos están dotados de una naturaleza demasiado rica y compleja para poder encontrar una forma adecuada de expresión. Es cuestión de forma. Los rusos, por lo común, estamos dotados de una naturaleza tan rica que tendríamos que ser geniales para encontrar la forma conveniente. Y, claro está, genialidad es lo que nos falta, pues el genio se da, por lo general, raramente. Tan solo los franceses y, quizás, algunos otros europeos han sabido encontrar su forma, hasta el punto de adoptar actitudes perfectamente dignas, aun tratándose del ser más indigno. Por eso tiene tanta importancia para ellos la forma. El francés soporta sin pestañear una ofensa, una verdadera ofensa, hecha con toda el alma, pero no aguanta un pellizco en la nariz, porque ello supone una falta a las normas de conducta permitidas y perpetuadas. Por eso son tan aficionadas nuestras señoritas a los franceses: sus modales son impecables. Claro que, en mi opinión, no es cuestión de modales, sino de un gallo, *le coq gaulois*.[1] Aunque la verdad es

[1] El gallo galo.

que yo no estoy en condiciones de comprenderlo: no soy mujer. Algo bueno tendrán los gallos, digo yo. Pero me temo que no estoy diciendo más que tonterías, y usted no me hace callar. Debe interrumpirme más a menudo. Cuando estoy con usted, siento deseos de decirlo todo, todo, todo. Pierdo toda noción de las formas. Confieso que no poseo ni formas ni méritos. Se lo comunico. No me preocupan los méritos. Todo se ha detenido en mí. Y usted conoce la causa. No hay en mi mente ni una sola idea humana. Hace tiempo que ignoro lo que ocurre en el mundo, en Rusia o aquí. Pasé por Dresde y no recuerdo cómo es Dresde. Usted sabe muy bien qué es lo que absorbe mi mente. Puesto que no guardo la más mínima esperanza y a sus ojos soy una nulidad, le diré con franqueza: solamente la veo a usted. Y lo demás me tiene sin cuidado. Yo mismo no sé por qué la amo así. ¿Sabe que, acaso, no tenga usted nada de hermosa? Créame, yo no sé si usted es bella, ni siquiera de rostro. Tal vez su corazón no sea bondadoso, ni su alma, noble. Tal vez.

—¿Quizá por eso pretende comprarme con dinero —dijo Polina—, porque no cree en mi nobleza?

—¿Cuándo he pretendido comprarla yo? —grité.

—Usted divaga y ha perdido el hilo de lo que dice. Si no a mí, por lo menos mi respeto piensa comprarlo con dinero.

—¡Oh, no, no es exactamente eso! Ya le he dicho que me cuesta explicarme. Usted me cohíbe. No tome a mal mi parloteo. Debe comprender que, conmigo, no puede enfadarse: estoy sencillamente loco. Aunque por lo demás puede enfadarse. No me importa. Cuando estoy en mi cuartucho me basta recordar el frufrú de su vestido, y estoy dispuesto a morderme los puños. Y, ¿por qué se enoja conmigo? ¿Porque me declaro su esclavo? ¡Aprovéchese, aprovéchese de mi esclavitud! ¿Sabe usted que un día la mataré? No porque haya dejado de quererla, ni por celos. Sencillamente la mataré porque, a veces, siento deseos de comérmela. Ríase...

—No me estoy riendo —dijo furiosa—. Le ordeno que se calle.

Se detuvo, ahogada en cólera. Dios sabe si estaba hermosa en aquel momento; pero a mí me gustaba contemplarla cuando se detenía ante mí, y por eso provocaba a menudo su ira. Probablemente ella lo sabía y por eso se enojaba. Se lo dije.

—¡Qué asco! —exclamó con repugnancia.

—Me tiene sin cuidado —proseguí—. ¿Sabe una cosa? Es peligroso pasear conmigo. Con frecuencia siento un deseo irreprimible de pegarle, de desfigurarla, de asfixiarla... ¿Qué espera, que no lo haga? Usted me saca de quicio. ¿Cree que temo el escándalo? ¿O su ira? ¡Qué me importa a mí su ira! Amo sin esperanzas, y sé que, si hago lo que le digo, la amaré mil veces más. Y si algún día la mato, también tendré que matarme yo. Pero me mataré lo más tarde posible, para poder saborear, sin usted, este dolor insoportable. Y sepa usted algo casi inconcebible: cada día la amo *más*, aunque esto sea casi imposible. ¡Y pretende usted que no sea yo fatalista! Recuerde, hace tres días, en Schlangenberg, le susurré cuando usted me provocó: «Diga una palabra y saltaré al abismo». Si la hubiese pronunciado, habría saltado. ¿No me considera capaz de haber saltado?

—¡Qué estúpida conversación! —exclamó Polina.

—¡Y a mí qué me importa si es estúpida o inteligente mi conversación! —exclamé—. Únicamente sé que delante de usted tengo que hablar, hablar y hablar. Y hablo. Cuando estoy con usted, pierdo todo mi amor propio. Pero no me importa.

—¿Y para qué voy a obligarle a saltar del Schlangenberg? —me dijo en un tono seco y singularmente ofensivo—. Habría sido del todo inútil para mí.

—¡Magnífico! —exclamé—. Ha dicho a propósito ese admirable «inútil», para aplastarme definitivamente. La estoy viendo. ¿Inútil, dice usted? Pero la satisfacción siempre es útil, y el poder salvaje ilimitado (aunque solo sea sobre una mosca) también es un placer. El ser humano es, por naturaleza, déspota y experimenta un placer haciendo sufrir. Y a usted le gusta atormentar a la gente de un modo especial.

Recuerdo que me observaba con particular atención. Probablemente, podrían leerse en mi rostro todos mis sentimientos, absurdos y disparatados. Creo recordar también que nuestra conversación se desarrolló casi en los mismos términos que aquí he empleado. Mis ojos estaban inyectados en sangre. La espuma asomaba a los bordes de mis labios. Y, por lo que a Schlangenberg se refiere, ahora mismo puedo jurarlo por mi honor: si me hubiera ordenado arrojarme de cabeza, lo habría hecho. Aunque hubiera sido por pura broma, aunque lo hubiera dicho con desprecio, con repulsa: aun en ese caso, habría saltado.

—¡Oh, no! ¿Por qué iba a creerle? —dijo Polina, pero pronunció aquellas palabras como solo ella sabe hacerlo, con tal mordacidad, con tal altivez que, ¡por Dios!, la habría matado en aquel momento.

Ella corría ese riesgo. Y yo no le había mentido cuando se lo dije.

—¿Es usted cobarde? —me preguntó de pronto.

—No lo sé; quizá lo sea. No lo sé... Hace tiempo que no me he parado a pensarlo.

—Si yo le dijera: «Mate a esa persona», ¿lo haría?

—¿A quién?

—A quien yo quiera.

—¿Al francés?

—No haga preguntas, limítese a contestar. A quien yo le dijera. Quiero saber si hablaba usted en serio.

Esperaba tan seria y con tanta ansiedad mi respuesta que me sentí incómodo.

—Pero ¿va a decirme, por fin, qué ocurre aquí? —exclamé—. ¿Acaso me teme? ¿Cree que no veo todo lo que sucede a su alrededor? Usted es la hijastra de un hombre arruinado y loco, consumido por la pasión que siente por ese demonio de Blanche. Está ese francés con su enigmático ascendiente sobre usted, y ahora usted, tan seria, me hace... una pregunta semejante. Al menos, que sepa de qué se trata. De lo contrario, me volveré loco y cometeré cualquier insensatez. ¿Acaso se avergüenza usted de honrarme con su confianza? Pero ¿cómo puede avergonzarse de algo ante mí?

—No cambie la conversación. Le he hecho una pregunta y espero su respuesta.

—¡Claro que mataré! —exclamé—. A quien usted me ordene. Pero, acaso, puede usted... ¿piensa usted ordenármelo?

—¿Y qué esperaba, que me compadeciera de usted? Se lo ordenaré, mientras que yo misma quedaré al margen. ¿Lo soportará? ¡De qué! Quizá sea usted capaz de matar, cumpliendo mis órdenes, pero después vendrá a asesinarme a mí, por haberle instigado a cometer un crimen.

Ante estas palabras me sentí como si me hubieran golpeado en la cabeza. Claro está que incluso entonces consideré su pregunta mitad broma, mitad desafío; mas Polina había hablado con demasiada seriedad. Sus palabras, su concluyente afirmación del derecho que tenía sobre mí, la aceptación de ese poder y esa orden tan expeditiva: «Ve hacia tu perdición, que yo me mantendré al margen», todo esto me llenó de estupor. Había tal cinismo y tal franqueza en sus palabras que pensé que aquello era demasiado. ¿Qué es lo que veía en mí después de eso? Aquello superaba todos los límites de la esclavitud y de la bajeza. Una actitud semejante suponía elevarme hasta ella. Por muy absurda e inverosímil que fuera nuestra conversación, mi corazón se estremeció.

De pronto soltó una carcajada. Estábamos sentados en un banco, ante los niños que jugaban, precisamente frente al lugar donde se detenían los coches y se apeaba el público, en la alameda, ante el casino.

—¿Ve usted a esa señora gorda? —exclamó—. Es la baronesa Wurmerhelm. Hace solo tres días que está aquí. Fíjese en su marido: un prusiano alto, seco, con un bastón en la mano. ¿Recuerda cómo nos observaba anteayer? Vaya, acérquese a la baronesa, quítese el sombrero ante ella y dígale algo en francés.

—¿Para qué?

—Me juró que se arrojaría desde el Schlangenberg y jura que está dispuesto a matar si se lo ordeno. En vez de todos esos asesinatos y tragedias, prefiero reírme. Obedezca sin replicar. Quiero ver cómo el barón le golpea a usted con el bastón.

—Me está usted provocando. ¿Me cree incapaz de hacerlo?

—Sí, le provoco; vaya ya: ese es mi deseo.

—Descuide, ya voy. Aunque no es más que una loca fantasía. Pero con una condición: que no le acarree de rechazo ningún disgusto al general ni a usted. ¡Oh, no piense que me preocupo por mí, solo por usted! Bueno, y por el general. ¡Vaya idea la suya, insultar a una mujer!

—Veo que no es más que un charlatán —me dijo con desprecio—. Quizá se le han inyectado los ojos en sangre únicamente por haber bebido más de la cuenta en la mesa. ¿Cree que no me doy cuenta de que eso es estúpido y vulgar y que el general va a enojarse? Quiero, simplemente, divertirme. Bueno, ¿y qué? Tengo ese capricho. Además, no tendrá que ofender a esa mujer. Antes, le habrán propinado una buena paliza.

Me levanté y me dirigí sin decir nada a cumplir su encargo. Naturalmente, eso era estúpido y yo no había sabido librarme, pero cuando me acerqué a la baronesa recuerdo que me sentí como azuzado a cometer una chiquillada. Además, estaba sobreexcitado, como si hubiera bebido más de la cuenta.

VI

Han transcurrido dos días desde esa ridícula jornada. ¡Cuánto grito, ruido, comentarios, alboroto! ¡Cuánta confusión, estupidez y vulgaridad! ¡Y todo por mi culpa! En realidad, estas cosas resultan a veces divertidas. Por lo menos, para mí. Todavía no alcanzo a comprender lo que me ha ocurrido. O me encuentro frenético o, simplemente, empiezo a desvariar y a cometer majaderías. Hasta que acaben por encerrarme. Hay momentos en que creo perder la razón. Otros, me parece que todavía no me he alejado de la infancia, del colegio, y que cometo travesuras propias de un colegial.

¡Y es Polina, Polina, la culpable de todo! Quizá no habría cometido yo tanta barrabasada, si ella no me hubiese inducido a hacerlo. ¡Quién sabe! ¿Será por desesperación? (¡Qué manera tan absurda de razonar!). Y no comprendo, me niego a comprender qué hay de bueno en ella. Desde luego, es bonita; vamos, creo que lo es. No soy el único que está loco por ella. Alta y esbelta. Demasiado delgada. Tengo siempre la sensación de que se puede hacer un nudo con ella. O doblarla en dos. Las huellas de sus zapatos son estrechitas y largas. ¡Un tormento! ¡Un verdadero tormento! Sus cabellos, de un ligero tono rojizo. Sus ojos, de auténtica gata, pero ¡con cuánta soberbia y altivez mira con ellos! Hace unos cuatro meses, recién ingresado yo en la casa, una tarde, estaba Polina en la sala hablando acaloradamente de algo con Des Grieux. Y le miraba de un modo... Por la noche, en la cama, al recordarlo, me imaginaba que le había dado una bofetada, que acababa de dársela y estaba allí, de pie ante él, mirándole... Aquella tarde me enamoré de ella.

Pero volvamos a los hechos.

Salí por el sendero a la alameda, me planté en medio y me dispuse a esperar al barón y a la baronesa. Cuando estaban a unos cinco pasos, me quité el sombrero y les saludé.

Recuerdo que la baronesa llevaba un vestido de seda gris claro, enormemente ancho, con volantes, crinolina y cola. Es una mujer baja, extremadamente obesa, con una barbilla tan gruesa y caída que no se le ve el cuello. En su rostro rubicundo destacan los ojos, pequeños, perversos y descarados. Camina como si honrara con ello a los demás. El barón es seco, alto. Su rostro, como en todo alemán, rígido, surcado por miles de diminutas arrugas. Usa lentes. Tiene unos cuarenta y cinco años. Las piernas le nacen casi en el mismo pecho; señal de casta. Orgulloso como un pavo real. De movimientos un tanto torpes. Hay algo de aborregado en su expresión, que, a su manera, hace las veces de perspicacia.

Todo esto pasó ante mis ojos en unos segundos.

Mi saludo y mi sombrero en la mano apenas llamaron su atención al principio. Tan solo el barón frunció ligeramente el ceño. La baronesa parecía deslizarse hacia mí.

—*Madame la baronne* —pronuncié con claridad,

recalcando cada palabra—, *j'ai l'honneur d'être votre esclave*.[1]

Después, me incliné, me puse el sombrero y pasé junto al barón, dirigiéndole una amable sonrisa.

Polina me había ordenado quitarme el sombrero; la inclinación y demás travesuras fueron de mi propia cosecha. Yo mismo no sabría explicar qué me indujo a comportarme de aquel modo. Tenía la impresión de caer de lo alto de una montaña.

—*Hein!*[2] —gruñó más que gritó el barón, volviéndose hacia mí, asombrado y furioso.

Me volví y me detuve en actitud de respetuosa expectación, sin dejar de mirarle y sonreírle. Miraba visiblemente perplejo, las cejas arqueadas hasta el *nec plus ultra*. Su rostro se ensombrecía más y más. La baronesa también se había vuelto hacia mí y también me miraba asombrada y furiosa. Los transeúntes empezaban a mirarnos. Algunos, incluso, se pararon.

—*Hein!* —redobló su gruñido y su ira el barón.

—*Jawohl*[3] —dije yo, arrastrando las palabras, sin dejar de mirarle fijamente a los ojos.

—*Sind sie rasend?*[4] —me gritó, amenazándome con su bastón y, probablemente, con cierto temor.

Debió de desconcertarle mi traje. Yo vestía correctamente, incluso con elegancia, como un hombre que pertenece a la más respetable sociedad.

[1] Señora baronesa, tengo el honor de ser su esclavo.
[2] ¡Qué!
[3] Ciertamente.
[4] ¿Está usted loco?

—*Jawo-o-ohl!* —grité de pronto con todas mis fuerzas, arrastrando la «o» como lo hacen los berlineses, que emplean a cada instante el «*Jawohl*», alargando la «o» más o menos para expresar diversos matices de sus pensamientos y sensaciones.

El barón y la baronesa me dieron la espalda y huyeron asustados, casi corriendo. Entre el público que nos rodeaba, unos se pusieron a hablar, otros me miraban sorprendidos. En realidad, no lo recuerdo muy bien.

Di media vuelta y me dirigí con mi paso habitual al lugar donde se hallaba Polina Alexándrovna. Pero aún me faltaban unos cien pasos para llegar a su banco cuando ella se levantó y se fue con los niños hacia el hotel.

La alcancé junto al porche.

—He cumplido... su estupidez —le dije.

—Muy bien. Ahora, ¡apáñeselas como pueda! —me respondió y, sin mirarme siquiera, subió la escalinata.

Pasé la tarde en el parque. A través del parque primero y del bosque después, salí, incluso, a otro principado. En una choza comí unos huevos fritos y bebí vino. Me cobraron por aquella bucólica comida florín y medio.

Eran las once de la noche cuando volví a casa. Inmediatamente me pidieron que fuera a ver al general.

Ocupa con su familia cuatro habitaciones del hotel. La primera, la más grande, es el salón, con un piano de cola. Contigua a esta, otra habitación, igualmente espaciosa: el despacho del general. Me esperaba de pie, en el centro del gabinete, en actitud extremadamente majestuosa. Des Grieux estaba tumbado cómodamente en un diván.

—¿Puede usted, señor mío, explicarme qué es lo que ha hecho? —empezó el general.

—Me gustaría, general, que fuera usted directamente al grano —dije—. ¿Se refiere usted, sin duda, a mi encuentro con un alemán?

—¡Con un alemán! Este alemán es el barón Wurmerhelm, un importante personaje. Ha estado usted de lo más grosero con él y con la baronesa.

—En absoluto.

—¡Les ha asustado, señor mío! —gritó el general.

—Le aseguro que no. Ya desde Berlín llevo metido en el oído ese *Jawohl*, que repiten incesantemente y arrastran de forma tan repulsiva. Cuando topé con ellos en la alameda, recordé, no sé por qué, ese *Jawohl*, y esto debió de sacarme de quicio. Además, ya van tres veces que la baronesa se dirige hacia mí como si yo fuera un gusano que ella puede aplastar. Comprenderá que uno también tiene su amor propio. Me quité el sombrero y cortésmente (se lo aseguro, cortésmente) le dije: «*Madame, j'ai l'honneur d'être votre esclave*». Cuando el barón se volvió hacia mí y me gritó «*Hein!*», no pude evitar el gritar por mi parte «*Jawohl!*». Lo hice dos veces: la primera, normalmente, y la segunda, con todas mis fuerzas. Eso es todo.

Confieso que esta explicación, sumamente infantil, me divertía. Sentía deseos de adornar aquella historia con todo lujo de detalles, a cuál más absurdo.

Y, a medida que la proseguía, iba tomándole gusto.

—¡Usted se está burlando de mí! —exclamó el general.

Se volvió hacia Des Grieux y le explicó en francés que yo estaba buscando un incidente a todo trance. El marqués sonrió despectivamente y se encogió de hombros.

—¡Oh, no, no lo crea! ¡De ningún modo! —exclamé yo—. Mi proceder no fue, desde luego, correcto, y lo reconozco con toda franqueza. Pero nada más. Créame, general; me arrepiento sinceramente. Pero existe una circunstancia que, en mi opinión, casi me dispensa del arrepentimiento. Últimamente, desde hace dos o tres semanas, no me encuentro bien: me siento indispuesto, nervioso, irascible, ofuscado, y en ciertos casos no consigo dominarme. Varias veces he sentido deseos de coger al marqués Des Grieux y... Bueno, prefiero no terminar. El marqués puede enojarse. En una palabra, son síntomas de enfermedad. No sé si la baronesa Wurmerhelm querrá tomar en consideración esta circunstancia cuando le presente mis excusas (ya que esta es mi intención). No creo que las admita, dado que últimamente se ha abusado de esta circunstancia en el mundo jurídico: en los procesos criminales los abogados esgrimen en favor de sus clientes el argumento de que estos, en el momento de cometer el delito, se hallaban totalmente ofuscados, lo que es prueba de una supuesta enfermedad. «Le pegó, dicen, pero no lo recuerda». ¡E imagínese, general: la medicina les da la razón! Confirma, en efecto, la existencia de una enfermedad, de una locura transitoria, en que el hombre no recuerda nada, o recuerda a medias, o una cuarta parte. Pero el barón y su esposa son de la vieja generación. Y, por si fuera poco, *junkers*[5] prusianos y terratenientes. Probablemente ignoren estos progresos de la medicina legal y no acepten mis excusas. ¿A usted qué le parece, general?

—¡Basta ya! —dijo bruscamente el general, apenas conteniendo su ira—. ¡Basta! Voy a librarme de una vez para siempre de sus chiquilladas. No les presentará sus

[5] Señores feudales, nobles.

excusas al barón ni a su esposa. Toda relación con usted, aunque solo fuera para pedirles perdón, sería para ellos demasiado humillante. Cuando el barón se enteró de que usted estaba a mi servicio, tuvo una explicación conmigo en el casino, y le aseguro que le faltó muy poco para que me pidiera una satisfacción. ¿Se da usted cuenta, señor mío, a qué me ha expuesto? Yo me he visto obligado a disculparme ante el barón y a darle mi palabra de que hoy mismo dejará usted de pertenecer a mi casa.

—Permítame, permítame, general; entonces ¿ha sido el barón el que ha exigido absolutamente que yo dejara de pertenecer a su casa, según acaba de expresar usted?

—No; pero yo me considero obligado a darle esta satisfacción. Y, por supuesto, el barón no ha ocultado el placer que ello le producía. Señor mío, usted y yo nos despedimos. Le debo cuatro federicos y tres florines en moneda de este principado. Aquí tiene el dinero y la cuenta. Puede comprobarlo. Adiós. En adelante, considéreme como un extraño. No me ha traído usted más que molestias y preocupaciones. Ahora mismo llamo al mozo para decirle que no respondo de sus gastos en el hotel. Tanto gusto.

Cogí el dinero, el papel en el que figuraba la cuenta escrita a lápiz, hice una inclinación en señal de saludo y le dije muy seriamente:

—General, esto no puede terminar así. Lamento las impertinencias que haya tenido que soportar del barón, pero, perdóneme, la culpa es de usted. ¿Por qué razón ha tenido usted que responder por mí ante el barón? ¿Qué quiere decir eso de que pertenezco a su casa? Soy, simplemente, el preceptor de sus hijos. Y nada más. No soy su hijo, no me encuentro bajo su tutela, y, por lo tanto, usted no responde de mis actos. Yo ya tengo personalidad jurídica. Tengo veinticinco años, soy licenciado por la universidad, soy noble y, para usted, una persona completamente extraña. Únicamente mi ilimitado respeto a sus méritos me impide exigirle a usted una reparación por haberse tomado la libertad de responder por mí.

El general quedó estupefacto, los brazos extendidos. De pronto, se volvió hacia el francés y le explicó atropelladamente que yo casi le había desafiado. El francés soltó una carcajada.

—Y no estoy dispuesto a que el barón se salga con la suya —proseguí impertérrito ante la risa del señor Des Grieux—; y puesto que usted, general, al escuchar las quejas del barón y defender sus intereses, se ha colocado a sí mismo en la situación de partícipe de todo este asunto, tengo el honor de comunicarle que mañana por la mañana le exigiré al barón en mi nombre una explicación formal de las causas por las cuales se dirigió a un tercero en una cuestión que solo me incumbe a mí, como si yo no estuviera en condiciones o no fuese digno de responder por mi propia persona.

Ocurrió lo que yo había previsto. El general, al escuchar aquella majadería, se asustó.

—¡Cómo! ¿Piensa usted continuar este maldito asunto? —exclamó—. Pero ¡Dios mío! ¿Qué está haciendo conmigo? No lo intente, no lo intente, señor, o... ¡le doy mi palabra...! Aquí también existen autoridades, y yo, yo... En resumidas cuentas, en consideración a mi rango... y al del barón... le arrestarán a usted y le deportarán, ¡para que no arme escándalos! ¿Se da usted cuenta? —Aunque parecía dominado por la ira, estaba tremendamente asustado.

—General —le contesté, con una serenidad que le desquiciaba—, no me pueden detener por escándalo si no ha habido tal escándalo. Yo todavía no he tenido ninguna explicación con el barón, y usted desconoce por completo en qué forma y sobre qué bases pienso iniciar este asunto. Pretendo únicamente aclarar una suposición ofensiva para mí, de que yo me encuentro bajo la tutela de una persona que tendría, según esto, poder sobre mi libre albedrío. Su alarma y su preocupación son totalmente inútiles.

—¡Por Dios se lo ruego, Alexéi Ivánovich! Olvide ese absurdo proyecto —balbuceaba el general, cambiando de golpe el tono airado por otro, suplicante, y hasta cogiéndome de las manos—. Piense que no vamos a conseguir más que nuevos disgustos. Compréndalo; yo me creo obligado a comportarme aquí de un modo especial, sobre todo ahora, ¡sobre todo ahora! Oh, usted desconoce muchos pormenores de mi situación. Cuando marchemos de aquí, estoy dispuesto a admitirle de nuevo. Solo pretendo guardar las apariencias, lo comprende, ¿no es verdad? —gritaba desesperado—. ¡Alexéi Ivánovich, Alexéi Ivánovich!

Al retirarme, le volví a pedir que no se preocupara y le prometí que todo acabaría bien, con decoro, y salí de la habitación apresuradamente.

En el extranjero, los rusos tienen a menudo mucho miedo y temen horriblemente el qué dirán y cómo les mirarán y si será decoroso esto y aquello. En una palabra, parece como si estuvieran encorsetados. Sobre todo aquellos que pretenden pasar por importantes. Para ellos, lo principal son las formas preconcebidas, establecidas de una vez para siempre, que adoptan de manera servil en todas partes: en los hoteles, en los paseos, en las reuniones, en los viajes... Pero el general se había ido de la lengua al decirme que se encontraba en unas circunstancias particulares y que debía «comportarse de un modo especial». Por eso, de pronto, había sentido miedo y había cambiado de tono conmigo. Tomé nota de ello. Por otra parte, era él lo suficiente estúpido como para recurrir al día siguiente a las autoridades. Debía andarme con cuidado.

En realidad, no sentía deseos de enojar al general. Pero sí quería irritar a Polina. Había sido tan cruel conmigo y me había empujado por un camino tan absurdo que ardía yo en deseos de obligarla a que ella misma me rogara que me detuviera. Mis chiquilladas podían comprometerla a ella también. Además, empezaban a nacer en mí nuevas sensaciones y deseos: el que yo fuera capaz de eclipsarme ante ella voluntariamente no significaba en modo alguno que ante las demás personas yo apareciera como un pobre diablo, y, desde luego, no iba a ser el barón quien «me apaleara». Quería burlarme de todos ellos y quedar como un héroe. Ya verían: Polina acabaría por temer el escándalo y me llamaría de nuevo. Y, aunque no lo hiciera, se convencería de que yo no era un pobre diablo...

(Una noticia sorprendente: acaba de decirme el aya, con la que me he encontrado en la escalera, que Maria Filíppovna ha salido esta tarde solita para Carlsbad en tren, a ver a su prima. ¿Qué significa la noticia? El aya dice que hace tiempo pensaba hacerlo, ¿y no lo sabía nadie? Aunque acaso sea yo el único que lo ignora. Se le ha escapado que, anteayer, Maria Filíppovna y el general tuvieron una fuerte discusión. Ya comprendo: será por Blanche. Desde luego, va a ocurrir algo decisivo).

VII

Por la mañana llamé al camarero y le dije que me abriesen una cuenta aparte. La habitación no era tan cara como para asustarme y abandonar el hotel. Tenía dieciséis federicos, y después... Después, quizá me esperara la fortuna. Es curioso: todavía no he ganado nada, pero me comporto, siento y pienso como si ya fuera rico. Y no puedo imaginarme de otro modo.

Pese a la hora temprana, había decidido hacer una visita al señor Astley en el hôtel d'Angleterre, próximo al nuestro, cuando, de pronto, apareció Des Grieux. Jamás lo había hecho y, además, últimamente mis relaciones con él eran extremadamente distanciadas y tirantes. Él no disimulaba su desprecio hacia mí; es más, se esforzaba en mostrármelo. Yo, por mi parte, tenía mis razones particulares para no simpatizar con él. En una palabra: le odiaba. Su visita me sorprendió. Adiviné al instante que algo muy grave estaba ocurriendo.

Entró muy amable, y hasta me dijo unos cumplidos a propósito de mi habitación. Al verme con el sombrero en la mano, me preguntó cómo salía tan de mañana a pasear. Cuando le dije que me dirigía a ver al señor Astley, se quedó pensativo, como reflexionando, y a su rostro asomó un gesto de inquietud.

Como todo francés, Des Grieux era alegre y amable, cuando le era preciso y útil, e insoportablemente aburrido cuando desaparecía la necesidad de ser alegre y amable. En el francés, la amabilidad raramente es natural. Diríase que es hombre amable por orden, por interés. Si, por ejemplo, se encuentra ante la necesidad de ser imaginativo, original, algo fuera de lo corriente, entonces su imaginación, estúpida y artificiosa, no es más que un conjunto de fórmulas manidas, admitidas de antemano. Un francés natural está compuesto del más burgués, mezquino y común positivismo; en una palabra, es el ser más aburrido del mundo. En mi opinión, solo a los novatos y, sobre todo, a las jovencitas rusas pueden atraerles los franceses. Todo hombre de bien advierte al instante y rechaza esta rutina de formas, establecidas de una vez para siempre, de amabilidad de salón, desenvoltura y jovialidad.

—Vengo por un asunto —comenzó en tono muy desenfadado, aunque cortés—. Le diré sinceramente que vengo de parte del general, como embajador o, mejor dicho, mediador. Dados mis pésimos conocimientos del ruso, ayer no entendí casi nada; pero el general me lo ha explicado detenidamente, y la verdad es...

—Escuche, monsieur Des Grieux —le interrumpí—. ¿También en esto ha decidido asumir el papel de mediador? Evidentemente, no soy más que un *outchitel* y jamás he pretendido ser amigo íntimo de la familia o mantener con ella relaciones más estrechas, por lo cual desconozco todas las circunstancias. ¿Podría usted explicarme? ¿Acaso usted ya forma parte de la familia? Pone tanto interés en todos sus asuntos, enseguida está dispuesto a mediar en todo...

Mi pregunta no le gustó. Era demasiado transparente, y él no deseaba hablar más de la cuenta.

—Me ligan al general, en parte, los negocios y, en parte, *ciertas circunstancias particulares* —dijo con sequedad—. Me ha enviado el general para que le convenza de que desista de sus intenciones de ayer. Las ideas de usted son, desde luego, muy ingeniosas; pero el general me ruega que le haga ver que son completamente irrealizables. Es más, el barón no le recibirá y, por supuesto, se encuentra en condiciones de librarse de todas las molestias que usted pueda ocasionarle. Convendrá en que tengo razón. ¿Para qué, dígame, continuar? El general promete volver a admitirle a su servicio en cuanto las circunstancias se lo permitan, y hasta entonces pagarle sus honorarios, *vos appointements.* Es muy ventajoso, ¿no cree usted?

Con gran serenidad le objeté que estaba un tanto equivocado, que el barón quizá no me echara, sino, por el contrario, estuviera dispuesto a escucharme. Le rogué, además, que reconociera que había venido probablemente a averiguar mis proyectos.

—¡Por Dios! ¿Cómo no le iba a agradar al general saber lo que piensa hacer usted, estando, como está, tan interesado en ello? ¡Resulta tan natural!

Empecé a explicárselo. Me escuchaba sentado cómodamente, la cabeza ligeramente inclinada hacia mí, con un gesto de ironía manifiesto, no disimulado. Se comportaba con altanería. Me esforcé en aparentar que me tomaba aquel asunto muy en serio. Le expliqué que el barón, al quejarse al general de mí, como si yo fuera un criado de este, en primer lugar, me había hecho perder la colocación, y, en segundo, me había tratado despectivamente, como a un hombre que no puede responder de sus actos y al que no vale la pena ni siquiera dirigir la palabra. Desde luego, me sentía justamente ofendido; no obstante, teniendo en cuenta la diferencia de edades, posición social, etc. —tuve que hacer un esfuerzo para no soltar la carcajada al llegar aquí—, no quería ser responsable de nuevas insensateces, es decir, exigir del barón directamente una reparación, o aunque solo fuera proponérsela. Sin embargo, yo me consideraba con perfecto derecho a presentar al barón, y sobre todo a su esposa, mis excusas, tanto más cuanto que últimamente estaba algo enfermo, disgustado y, por así decirlo, con los ánimos un tanto excitados... Sin embargo, el barón, al dirigirse ayer al general, lo cual constituyó para mí una ofensa, y, sobre todo, al insistir en que me despidiera, me había colocado en una situación que me impedía disculparme ante el barón y su esposa, ya que ahora él y su esposa y todo el mundo creerían que yo deseaba disculparme por miedo, para intentar recuperar mi empleo. Todo esto me impulsaba a pedirle al barón que me presentara sus disculpas en los términos más moderados, diciendo, por ejemplo, que no había tenido intención de ofenderme. Una vez se disculpara el barón, me hallaría yo con las manos libres para pedirle disculpas sinceramente y de todo corazón.

—En una palabra —concluí—, solo pido que el barón me deje las manos libres.

—¡Qué susceptibilidad y qué refinamientos los suyos! ¿Para qué va usted a excusarse? Confiese, monsieur, monsieur, que usted está armando todo esto a propósito, simplemente para molestar al general... Quizá busque usted algún fin determinado... *Mon cher monsieur...*

Pardon, j'ai oublié votre nom, monsieur Alexis...? N'est-ce pas?[1]

—Pero, permítame, *mon cher marquis*; y a usted, ¿qué le importa todo esto?

—*Mais le général...*

—Y al general, ¿qué? Ayer dijo algo de que tenía que comportarse de un modo especial... Parecía que estaba preocupado, pero no comprendí nada.

—Hoy existe una circunstancia particular —prosiguió en tono suplicante, en el que se dejaba sentir cada vez más la irritación—. ¿Conoce a mademoiselle de Cominges?

—Es decir, ¿mademoiselle Blanche?

—Sí, mademoiselle Blanche de Cominges... *et madame sa mère*. Comprenderá que el general... En una palabra, está enamorado y hasta... hasta es posible que contraigan matrimonio aquí. Imagínese que, en estas circunstancias, haya habladurías, escándalos...

—Yo no veo ningún escándalo ni habladuría relacionados con este matrimonio.

—Pero *le baron est si irascible, un caractère prussien, vous savez, en fin, il fera une querelle d'allemand.*[2]

—Pero a mí, no a ustedes; yo ya no estoy a su servicio —me esforzaba deliberadamente en aparentar no comprender nada—. Pero, perdone, entonces ¿ya está decidido que mademoiselle Blanche se casa con el general? ¿A qué esperan? Quiero decir, ¿para qué ocultarlo, por lo menos a nosotros, gente de la casa?

---

[1] Mi querido señor... Perdón, he olvidado su nombre, ¿señor Alexis...? ¿No es así?

[2] El barón es tan irascible, un carácter prusiano, sabe usted; en fin, puede provocar un altercado por poca cosa.

—No puedo decirlo... Además, no está del todo... Sin embargo, quizá sepa usted que están esperando noticias de Rusia; el general tiene que poner en orden sus asuntos...

—¡Ah, la *baboulinka*!

Des Grieux me lanzó una mirada llena de odio.

—En una palabra —me interrumpió—, confío en su amabilidad, en su inteligencia, en su tacto... Usted, desde luego, lo hará por una familia que le acogió como a un hijo, donde le querían y le respetaban.

—¡Por favor, si me han despedido! Usted ahora afirma que lo hacen por guardar las apariencias, pero convendrá conmigo que es como si a usted le dijeran: «Yo, naturalmente, no deseo tirarte de las orejas, pero, para salvar las apariencias, te voy a tirar de ellas...». ¿O no es lo mismo?

—Si se mantiene en sus trece, si ningún ruego puede convencerle —dijo sereno e insolente—, le aseguro que se tomarán las medidas pertinentes. Aquí hay autoridades, le deportarán hoy mismo; *que diable! Un blanc-bec comme vous*[3] ¡pretende desafiar a un personaje como el barón! ¿Qué esperaba, que le dejaran en paz? Créame, aquí nadie le teme a usted. Si le he suplicado algo, ha sido más bien cosa mía, para evitar que siga preocupando al general. Pero ¿de verdad piensa que el barón no ordenará al lacayo que le eche a usted?

—No pienso ir en persona —respondí con absoluta serenidad—; se equivoca, monsieur Des Grieux: todo será mucho más correcto de lo que usted imagina. Ahora mismo voy a ir a ver al señor Astley para rogarle que

[3] ¡Qué diablos! Un jovenzuelo como usted.

sea mi mediador, en una palabra, mi *second*. El señor Astley me estima altamente y, desde luego, no se negará. Yo seré un *outchitel*, algo *subalterne*, indefenso, pero el señor Astley es sobrino de un lord, de un auténtico lord, esto lo saben todos; de lord Peabroke, y este lord está aquí. Tenga la seguridad de que el barón será amable con el señor Astley y sabrá escucharle. Y, si no lo hace, el señor Astley lo considerará una ofensa personal (ya sabe lo obstinados que son los ingleses), y mandará a un amigo de parte suya, ¡y tiene muy buenos amigos! Ya ve usted que las cosas pueden salir de forma muy distinta a lo que usted esperaba.

El francés estaba completamente asustado. En efecto, mis palabras tenían todos los visos de la verdad y, por lo tanto, parecía que yo podía provocar un escándalo.

—Pero le ruego —dijo en tono suplicante— que desista de todo esto. Parece como si le agradara el escándalo. Usted no busca una satisfacción, sino escándalos. Ya le he dicho que quizá todo resulte muy divertido e ingenioso, que es probablemente lo que usted desea; pero, en una palabra —concluyó, al ver que yo me levantaba y cogía el sombrero—, he venido a entregarle esta nota de parte de una persona; léala. Me han encargado que espere la respuesta.

Al decir esto, sacó del bolsillo un pequeño pliego doblado y sellado y me lo entregó.

La mano de Polina había escrito:

> Tengo la impresión de que usted pretende continuar esta historia. Está enojado y empieza a comportarse como un colegial. Pero existen circunstancias especiales que, quizá, le explique más adelante. Por favor,

desista de todo y serénese. ¡Qué absurdo es todo esto! Le necesito y me prometió obedecer. Acuérdese de Schlangenberg. Le suplico que sea obediente y, si es preciso, se lo ordeno. Suya, P.

P. D.: Si está enfadado conmigo por lo de ayer, le ruego me perdone.

Creí perder la cabeza al leer estas líneas. Mis labios palidecieron. Empecé a temblar. El maldito francés se esforzaba por dar a su mirada una expresión modesta, como si no advirtiera mi confusión. Habría preferido que se echara a reír.

—Bueno —le respondí—, dígale a mademoiselle que esté tranquila. Pero permítame una pregunta —añadí bruscamente—: ¿por qué ha esperado tanto para entregarme la nota? En lugar de discutir nimiedades, creo que debiera haber empezado usted por esto... Si es que tenía tal encargo.

—Verá, yo quería... Es todo tan extraño, ¿sabe?, que debe perdonar mi natural impaciencia. Deseaba conocer personalmente, por boca de usted, sus intenciones. Además, ignoro lo que dice la nota; pensaba que no corría prisa entregársela.

—Ya entiendo. Tenía órdenes de no entregarla más que en último extremo, en caso de no llegar a un acuerdo verbal conmigo. ¿No es así? Dígalo con franqueza, monsieur Des Grieux.

—*Peut-être*[4] —dijo, adoptando un aire de extrema reserva y mirándome de un modo singular.

[4] Puede ser.

75

Tomé el sombrero. Me saludó y salió. Creí ver en sus labios una sonrisa irónica. ¿Podía, acaso, ser de otro modo?

—¡Tú y yo aún nos veremos las caras, franchute! —balbuceé bajando por la escalera.

No conseguía poner en orden mis ideas. Tenía la impresión de haber recibido un mazazo en la cabeza. El aire me refrescó un poco.

Unos dos minutos más tarde, en cuanto estuve en condiciones de reflexionar, vi claramente dos cosas: *primera*, que una tontería, unas cuantas amenazas totalmente inverosímiles, dignas de un chiquillo, habían provocado la alarma general. Y *segunda*: ¡qué influencia ejercía el francés en Polina! Una palabra suya, y Polina hacía todo lo que él deseaba: me escribía una nota e, incluso, me *rogaba*, ¡a mí! Es verdad que sus relaciones siempre habían sido para mí un enigma desde el principio, desde que les conocí. Sin embargo, últimamente había observado en ella una evidente repugnancia y hasta desprecio hacia él, mientras que Des Grieux, por su parte, ni la miraba, hasta el punto de ser a menudo descortés. Yo lo había advertido. Polina misma me había hablado de la repugnancia que el francés le inspiraba. Empezaba a hacerme confesiones demasiado importantes... Para mí, estaba claro que el francés la dominaba, la tenía de algún modo sujeta a su persona...

VIII

En la *promenade*, como dicen aquí, en el paseo de castaños, me encontré al inglés.

—¡Oh, oh! —dijo al verme—. Yo iba a su casa y usted a la mía. Entonces ¿ya se ha despedido de los suyos?

—En primer lugar, dígame cómo sabe todo esto —le pregunté sorprendido—. ¿Acaso ya lo saben todos?

—Oh, no, no todos lo saben. Ni hace falta que lo sepan. Nadie habla de ello.

—Entonces ¿cómo lo sabe usted?

—Lo sé, es decir, he tenido ocasión de saberlo. ¿Adónde va a ir? Le estimo y por eso vengo a verle.

—Es usted una excelente persona, el señor Astley —le dije (yo seguía sorprendido; ¿cómo podía saberlo?)—, y, puesto que todavía no he tomado el café y usted, probablemente, lo haya hecho de mala manera, vamos al casino, y se lo cuento todo... y usted, a su vez, hace lo mismo.

El café se encontraba a unos cien pasos. Nos sentamos, nos sirvieron, yo encendí un cigarrillo; el señor Astley no quiso fumar y se dispuso a escucharme, la mirada clavada en mí.

—No me voy a ningún sitio, me quedo —empecé.

—Estaba seguro de que se quedaría —dijo el señor Astley en tono de aprobación.

Cuando me dirigía a casa del inglés, no tenía la intención de hablarle de mi amor por Polina; es más, había decidido deliberadamente no hacerlo. En aquellos últimos días no le había dicho una sola palabra de todo aquello. Además, era muy tímido. Ya el primer día advertí la fuerte impresión que le había causado Polina, pero él jamás mencionaba su nombre. Bien, pues, de pronto, en aquel instante, al tenerle sentado frente a mí, con la mirada fija de sus ojos apagados, sentí, no sé por qué, el deseo de contarle todo, es decir, de contarle mi amor con todos sus matices. Estuve hablando durante media hora, y me complacía en hacerlo: era la primera vez que hablaba de mi amor. Al observar que en los momentos más apasionados de mi relato él se turbaba, premeditadamente insistí en ellos. Solo de una cosa me arrepiento: quizás hablara del francés más de la cuenta.

El señor Astley escuchaba, sentado frente a mí, mudo, inmóvil, sin quitarme los ojos de encima; pero cuando empecé a hablar del francés, me preguntó qué derecho tenía yo para hablar de aquella circunstancia ajena al relato. Tenía una forma muy extraña de hacer preguntas.

—Tiene usted razón: me temo que ninguno —le contesté.

—¿Nada en concreto puede decirme sobre el marqués y Polina? ¿Solo suposiciones?

Volvió a sorprenderme el tono categórico de la pregunta en una persona tan tímida como el señor Astley.

—No, nada en concreto —le contesté—. Naturalmente que nada.

—En tal caso, hizo mal no solo en decírmelo, sino incluso en pensarlo.

—De acuerdo, de acuerdo, lo reconozco. Pero ahora no se trata de eso —le interrumpí asombrado.

Le relaté los acontecimientos del día anterior con todo detalle; la ocurrencia de Polina, mi aventura con el barón, mi despido, la extraordinaria cobardía del general, y, por fin, le expliqué con toda clase de pormenores la visita de Des Grieux; al final, le mostré la nota.

—¿Qué conclusiones sacaría usted? —le pregunté—. He venido precisamente para conocer su opinión. Por lo que a mí se refiere, siento deseos de matar a este franchute, y quizá lo haga.

—Y yo —dijo el señor Astley—. En cuanto a la señorita Polina... ya sabe usted que, a veces, nos vemos obligados a tratar con personas odiosas. Es posible que usted ignore el carácter de sus relaciones, que dependan de circunstancias ajenas a su voluntad. Creo que usted puede estar tranquilo, al menos, en parte. Desde luego, su actitud de ayer resulta extraña, no porque deseara librarse de usted, poniéndole al alcance del bastón del barón (que no comprendo cómo no lo utilizó, teniéndolo en la mano), sino porque ese gesto es indecoroso en tan excelente joven. Claro está, ella no podía imaginarse que iba usted a cumplir al pie de la letra su extravagante deseo...

—¿Sabe una cosa? —exclamé de pronto, mirándole con insistencia—. Tengo la impresión de que ya se lo han contado todo a usted. ¿Y sabe quién? ¡La señorita Polina!

El señor Astley me miró sorprendido.

—Le brillan los ojos, y leo en ellos recelo —me dijo, recobrando su anterior calma—. Pero no tiene el más mínimo derecho a manifestar sus sospechas. No le puedo reconocer ese derecho, y me niego a contestarle.

—¡Basta ya! ¡Tampoco lo necesito! —grité tremendamente excitado, sin poder explicarme cómo se me había podido ocurrir una cosa semejante.

¿Cuándo, dónde, de qué modo había elegido Polina al señor Astley por confidente? Últimamente no había prestado demasiada atención al inglés, y, en cuanto a Polina, ella siempre había sido para mí un enigma, hasta el extremo de sorprenderme el hecho de que, al iniciar mi relato al señor Astley, no podía decir nada concreto y positivo acerca de mis relaciones con ella. Por el contrario, todo era fantástico, extraño, frágil y hasta distinto de lo demás.

—De acuerdo, de acuerdo; estoy desconcertado y me cuesta concentrarme —le contesté, casi sofocado—. Usted es una buena persona. No es eso. Yo no busco su consejo, sino su opinión.

Tras un silencio, proseguí:

—¿Por qué cree usted que se ha asustado tanto el general? ¿Por qué han convertido mi estúpida chiquillada en todo un problema? Un problema tan grave que hasta Des Grieux ha considerado imprescindible intervenir, cosa que él hace únicamente en circunstancias importantes; me ha visitado (¿qué le parece?), me ha rogado, suplicado, ¡él, Des Grieux, y a mí! Y fíjese que aún no habían dado las nueve cuando ya estaba en mi habitación y con la nota de Polina en su poder. ¿Cuándo la escribió? ¡Quizás hayan tenido que despertarla para que la hiciera! De esto deduzco, además, que la señorita Polina es su esclava (¡para pedirme perdón a mí!). Y, por otra parte, a ella, personalmente, ¿qué le va ni le viene en todo esto? ¿Por qué ese interés en ella? ¿Temen a un barón? ¿Y qué importa que el general se vaya con mademoiselle Blanche de Cominges? Insisten todos en que deben comportarse de un modo particular a causa de estas circunstancias, pero ¿no le parece a usted demasiado particular? ¿Qué opina usted? Veo en sus ojos que también de esto sabe usted más que yo.

El señor Astley esbozó una sonrisa y asintió con la cabeza.

—En efecto, parece ser que también de esto sé más que usted —dijo—. Está relacionado exclusivamente con mademoiselle Blanche. Es la única verdad.

—¿Qué tiene que ver en esto mademoiselle Blanche? —exclamé impaciente. De pronto nacía en mí la esperanza de descubrir algo sobre Polina.

—Creo que mademoiselle Blanche tiene actualmente especial interés en evitar todo encuentro con el barón y la baronesa. Y más aún, un encuentro desagradable y, lo que es peor, escandaloso.

—¡Vaya, vaya!

—Hace dos años, mademoiselle Blanche pasó aquí, en Ruletenburgo, la temporada. Yo también me hallaba aquí. Mademoiselle Blanche no se llamaba entonces mademoiselle Cominges ni existía su madre, madame *veuve*[1] Cominges. Al menos, nadie había oído hablar de ella. Des Grieux (Des Grieux) tampoco existía. Tengo el profundo convencimiento de que no solo no son parientes, sino que se conocen desde hace poco. No hace mucho que se ha convertido en marqués; tengo mis razones para pensar así. Puedo incluso suponer que el apellido Des Grieux es, asimismo, muy reciente. Conozco a una persona que lo trató bajo otro nombre.

[1] Señora viuda de...

—Pero ¡tiene muchas amistades!

—Puede ser. Hasta mademoiselle Blanche puede tenerlas. Pero hace dos años mademoiselle Blanche, a petición de esta misma baronesa, fue invitada a abandonar la ciudad. Y así lo hizo.

—¿Cómo ocurrió?

—Apareció aquí, primero con un italiano, un príncipe de histórico nombre: algo así como Barberini. Un hombre cargado de sortijas y brillantes. ¡Y auténticos! Daban paseos en un coche espléndido. Mademoiselle Blanche jugaba al *trente et quarante*; al principio bien, después, si no recuerdo mal, la suerte le fue adversa. Una tarde perdió una cantidad muy considerable. Pero lo peor fue que un *beau matin*[2] su príncipe desapareció. Los caballos, el coche, todo desapareció. Debía al hotel una suma enorme. Mademoiselle Zelma (de Barberini se convirtió de pronto en mademoiselle Zelma) estaba al borde de la desesperación. Por todo el hotel se oían sus llantos y sus gritos, y hasta llegó a rasgarse el vestido. Vivía en el mismo hotel un conde polaco (todos los polacos que viajan son condes), y mademoiselle Zelma, rasgándose su vestido y arañándose como una gata el rostro, con sus bellas manos perfumadas, produjo en él cierta impresión. Hablaron, y a la hora de comer ya se había consolado. Por la tarde aparecieron cogidos del brazo en el casino. Mademoiselle Zelma reía, como de costumbre, a carcajadas y sus modales se hicieron más desenvueltos. Pasó directamente a formar parte de esa categoría de damas que, para acercarse a la mesa y hacerse sitio, empujan fuertemente con el hombro al jugador que les estor-

[2] Buena mañana.

ba. Es un *chic* especial de esta clase de damas. Las habrá observado, ¿no es verdad?

—¡Oh, sí!

—No vale la pena ni fijarse en ellas. Para mayor enojo del público respetable, no se las puede exterminar, al menos a aquellas que cambian todos los días billetes de mil francos. Aunque, en cuanto dejan de cambiarlos, les rueguen que se vayan. Mademoiselle Zelma seguía cambiando billetes, pero fue todavía más desgraciada en el juego. Observe que estas damas a menudo son afortunadas en el juego. Tienen un gran dominio de sí mismas. Y aquí termina mi historia. Un día el conde desapareció, al igual que el príncipe. Por la tarde, mademoiselle Zelma se presentó a jugar sola. Esta vez nadie le ofreció el brazo. En un par de días perdió cuanto poseía. Después de poner y perder el último luis de oro, miró a su alrededor y vio a su lado al barón, que la observaba atento y profundamente indignado. Pero mademoiselle Zelma no supo distinguir la indignación, y se dirigió a él con la consabida sonrisa, rogándole que pusiera por ella diez luises al rojo. En consecuencia y a ruegos de la baronesa, aquel mismo día fue invitada a no volver a poner los pies en el casino. No debe sorprenderle que yo conozca todos estos detalles, mezquinos e indecorosos, ya que me los contó el señor Fieder, un pariente mío, quien aquel mismo día acompañó en su coche a mademoiselle Zelma de Ruletenburgo a Spa. Comprenda usted: mademoiselle Blanche quiere ser generala, probablemente para no verse más en la situación de recibir de la policía del casino invitaciones como aquella. Pero eso se debe a que, por todos los indicios, dispone actualmente de un capital que presta con intereses a los jugadores de aquí. Resulta más provechoso. Sospecho que hasta el pobre general le debe dinero. Es posible que incluso Des Grieux se encuentre en las mismas condiciones. También es posible que vaya a medias con ella. Convendrá conmigo en que, al menos hasta la boda, no sienta ningún deseo de llamar la atención de la baronesa y del barón. En una palabra: en su situación, lo peor sería un escándalo. Usted está vinculado a la casa del general y sus actos pueden provocar el escándalo, tanto más cuanto que mademoiselle Blanche aparece a diario en público del brazo del general o con la señorita Polina. ¿Lo ha comprendido ahora?

—¡No, no lo comprendo! —grité, y di un golpe en la mesa con tanta fuerza que el *garçon* acudió asustado.

—Dígame, señor Astley —repetí furioso—: si usted ya conocía toda la historia y, por consiguiente, estaba al tanto de qué clase de mujer era mademoiselle Blanche de Cominges, ¿por qué no me previno a mí, al general mismo, y, lo que es más importante, por encima de todo, a la señorita Polina, que se ha exhibido públicamente en el casino del brazo de mademoiselle Blanche? ¿Cómo pudo hacer una cosa así?

—A usted no tenía que advertirle nada, porque nada podía hacer —respondió tranquilamente el señor Astley—. Y, además, ¿contra qué prevenirle? El general probablemente sepa de mademoiselle Blanche más que yo; sin embargo, sigue paseándose con ella y con la señorita Polina. El general es un hombre desgraciado. Ayer pude observar cómo mademoiselle Blanche montaba un magnífico caballo, acompañada de Des Grieux y ese principito ruso, seguidos del general, sobre un alazán. Por la mañana me había dicho que le dolían las piernas; sin embargo, se mantenía erguido sobre el caballo. Y en aquel instante se me ocurrió de repente que el general era un hombre definitivamente perdido. Pero todo esto a mí no me concierne. Hace muy poco tiempo que tuve el honor de conocer a la señorita Polina. Además —recordó de pronto el inglés—, ya le he dicho que no puedo admitir su derecho a preguntar ciertas cosas, a pesar de la alta estima en que le tengo.

—Basta —dije, levantándome—, ahora está para mí más claro que la luz del día que también la señorita Polina conoce los antecedentes de mademoiselle Blanche, pero que, como se siente incapaz de romper con el marqués, se atreve a pasear con ella. Créame, ningún otro motivo la habría impulsado a pasear con mademoiselle Blanche y suplicarme que deje en paz al barón. Ahí está esa influencia ante la cual todo se inclina. Sin embargo, ¡fue precisamente ella la que me azuzó contra el barón! ¿Quién diablos me puede explicar esto?

—Olvida, ante todo, que la tal mademoiselle de Cominges es la prometida del general, y, después, que la señorita Polina tiene un hermano y una hermana pequeños, hijos del general, a los que este insensato ha abandonado por completo y, al parecer, los ha arruinado, además.

—Sí, sí, ya veo. Dejar a los niños supone abandonarlos definitivamente; quedarse significa defender sus intereses y, si es posible, salvar un pedacito de su finca. Sí, sí, ¡es verdad! ¡Y, sin embargo...! Ahora ya comprendo ese súbito interés de todos por la abuelita.

—¿Por quién? —preguntó el señor Astley.

—Por esa vieja bruja de Moscú, que no acaba de morirse y ahí les tiene esperando telegramas que notifiquen su muerte.

85

—¡Oh, claro, todo el interés se ha concentrado en ella! ¡Todo depende de la herencia! Si hay herencia, el general se casa; la señorita Polina se sentirá libre, y Des Grieux...

—¿Y Des Grieux?

—Y Des Grieux cobrará su dinero. Es lo único que está esperando.

—¡Lo único! ¿Cree usted que es lo único?

—No conozco otra razón —insistió obstinado el señor Astley.

—¡Yo sí la conozco, yo sí! —repetía yo furioso—. Él también espera la herencia, porque entonces Polina recibirá una dote, y en cuanto disponga del dinero se le arrojará al cuello. ¡Todas las mujeres son iguales! Y las más orgullosas son después las esclavas más vulgares. Polina solo es capaz de amar apasionadamente. Nada más. Esta es mi opinión. Obsérvela cuando está sentada sola, pensativa. ¡Parece predestinada, condenada, maldita! ¡Dispuesta a aceptar los horrores de la vida y de la pasión! Es... es... Pero ¿quién me llama? ¿Quién grita? Acabo de oír una voz rusa que gritaba: «¡Alexéi Ivánovich!». Una voz femenina, ¿la oye?

Nos acercábamos al hotel. Hacía tiempo que, sin advertirlo, habíamos dejado atrás el café.

—He oído una voz de mujer, pero no sé a quién están llamando. Hablan en ruso. Ya veo de dónde provienen —dijo el señor Astley—, es aquella mujer que está sentada en un sillón que han subido ahora mismo tantos lacayos. Detrás vienen con las maletas. Acaba de llegar el tren.

—Pero ¿por qué me llama a mí? Otra vez está gritando. Mire: nos hace una señal.

—¡Alexéi Ivánovich! ¡Alexéi Ivánovich! ¡Dios mío, qué estúpido! —oíamos gritos del hotel.

Llegamos a la puerta casi corriendo. Subí las escaleras y... dejé caer los brazos, llenos de estupor; mis pies parecían clavados en el suelo.

IX

En el rellano superior del amplio porche del hotel, al cual la habían subido en un sillón, rodeada de lacayos y doncellas, y de la numerosa y aduladora servidumbre del establecimiento, en presencia del *maître*, salido expresamente a recibir a una cliente de tan alta categoría, que llegaba con tanto estrépito y alboroto, con servicio propio y con tantos baúles y maletas, estaba ¡*la abuela!* Sí, era ella: la terrible y rica Antonida Vasílievna Tarásevicheva, terrateniente y gran dama moscovita, de setenta y cinco años, la *baboulinka*, por cuya culpa se habían enviado y recibido tantos telegramas, dándola por muerta y siempre viva, que, de golpe, como llovida del cielo, surgía en persona ante nosotros. Apareció en su sillón —desde hacía cinco años se veía privada del uso de las piernas—, pero, como era habitual en ella, animosa, burlona, satisfecha, erguida en la butaca, la voz fuerte e imperiosa, siempre increpando a alguien, exactamente igual a como recordaba haberla visto un par de veces desde que me había colocado en casa del general. No era, pues, de extrañar que el estupor me hubiera dejado petrificado. Con sus ojos de lince me había visto a cien pasos de distancia, cuando la entraban en el sillón; me había reconocido y llamado por mi nombre y patronímico que, como de costumbre, había quedado grabado en su memoria para siempre. «Y esperaban encontrar muerta, bien enterrada, a una mujer así, y heredar su dinero —pensé—. ¡Nos va a enterrar a nosotros y a todos los clientes del hotel! Pero, Dios santo, ¿qué va a ser de la familia, qué va a ser del general? Va a poner el hotel patas arriba».

—¿Qué pasa, que te has quedado ahí como un pasmarote? —seguía gritándome la abuela—. ¿Acaso no sabes saludar, ni dar los buenos días? ¿O es que te has vuelto muy orgulloso? ¿Acaso no me has reconocido? ¿Te das cuenta, Potápich —dijo, dirigiéndose a un viejecillo de pelo blanco, con frac, corbata blanca y rosada calva, su mayordomo, que la acompañaba en el viaje—, te das cuenta? ¡No me reconoce! Ya me habían enterrado. Enviando telegrama tras telegrama: ¿ha muerto, o no ha muerto? Sí, lo sé todo. Ya ves, aquí estoy tan viva.

—Pero, Antonida Vasílievna, ¿por qué iba a desearle yo ningún mal? —dije en tono alegre al recuperar el ánimo—. Simplemente, estaba sorprendido... Y cómo no iba a estarlo, si aparece usted así, tan de repente...

—¿Y qué hay de extraño? Tomé el tren y me vine. Viajar resulta tranquilo; el tren no da sacudidas como el coche. ¿Has estado paseando?

—He ido hasta el casino.

—Se está bien aquí —dijo la abuela, mirando a su alrededor—. Hace buen tiempo, los árboles son magníficos. ¡Me gusta! ¿Están en casa? ¿Y el general?

—¡Oh, sí, a esta hora, seguro que están en casa!

—¿También aquí siguen con sus horarios y sus ceremonias? Para darse tono. He oído que les *seigneurs russes* hasta tienen coche. Se arruinan, y adiós, ¡al extranjero! ¿Praskovia[1] está con él?

—Polina Alexándrovna está con el general.

—¿Y el francesito? Parece que les estoy viendo. Alexéi Ivánovich, enséñame el camino; llévame directamente a ellos. ¿Estás a gusto?

—Regular, Antonida Vasílievna.

—Y tú, Potápich, dile a ese estúpido de *maître* que me dé unas habitaciones buenas, cómodas, en el primer piso, y lleva allí mi equipaje. Pero, bueno, ¿dónde van tantos para llevarme a mí sola? ¿Dónde se meten? ¡Qué serviles! ¿Quién es ese que está contigo? —se dirigió a mí de nuevo.

—Es el señor Astley —le respondí.

—¿Quién es el señor Astley?

—Un viajero, buen amigo mío. Conoce también al general.

—Inglés. Por eso me mira fijamente, sin abrir la boca. En realidad, me gustan los ingleses. Lléveme arriba, a sus habitaciones. ¿Dónde están?

Levantaron a la abuela. Yo les precedía por la amplia escalinata del hotel. La comitiva causó una gran impresión. Todos se detenían a mirarnos descaradamente. Nuestro hotel era el mejor, el más caro y el más aristocrático del balneario. Siempre se podía encontrar en la escalera y en los pasillos a hermosas mujeres y a ingleses importantes. Muchos se paraban en el vestíbulo para preguntarle al *maître* por aquella señora. El *maître* estaba maravillado.

---

[1] Praskovia no es lo mismo que Polina —la forma rusa de este último nombre es Pavla—, pero para la anciana es un nombre ruso, no occidentalizado.

Contestaba a todos que se trataba de una importante extranjera, *une russe, une comtesse, grande dame*, y que iba a ocupar las habitaciones que había ocupado hacía una semana *la grande duchesse de N*. Su aspecto, sentada en la butaca, dominante e imperioso, era causa de aquella sensación. A todo el que se cruzaba con ella lo examinaba de pies a cabeza, sin disimular la curiosidad, y me preguntaba en voz alta quién era. De naturaleza robusta, era fácil adivinar su elevada estatura, a pesar de que iba sentada en aquel butacón. Se mantenía erguida, derecha como una tabla, sin apoyarse en el respaldo. Llevaba la cabeza —grande, de cabellos blancos y rasgos acusados— siempre muy alta. Su mirada altiva y provocadora y sus ademanes bruscos eran completamente naturales. A despecho de sus setenta y cinco años, conservaba cierta frescura en el rostro y una buena dentadura. Llevaba un vestido negro, de seda, y una cofia blanca.

—Me interesa muchísimo —me susurró el señor Astley que subía a mi lado.

«Sabe lo de los telegramas —pensé—, conoce a Des Grieux, pero ignora, al parecer, a mademoiselle Blanche». Se lo comuniqué inmediatamente al señor Astley.

Para mi vergüenza, debo confesar que, una vez se disipó el asombro, me divertía el enorme disgusto que íbamos a dar al general. Aquello aguijoneaba mi espíritu, y yo caminaba alegre delante de la comitiva.

Vivían en el tercer piso. Sin avisar ni llamar previamente, me limité a abrir la puerta de par en par. La abuela hizo una entrada triunfal. Como a propósito, todos estaban reunidos en el despacho del general. Eran las doce, y, al parecer, tenían proyectado un viaje: unos a caballo, otros en coche. Había varios invitados. Además del general, Polina, los niños y sus ayas, en el gabinete se encontraban: Des Grieux, mademoiselle Blanche, de amazona, su madre, madame *la veuve* Cominges, el principito y un sabio viajero, alemán, que yo veía por vez primera. Depositaron el sillón con la abuela en el centro del gabinete, a tres pasos del general. ¡Por Dios, jamás olvidaré aquello! El general estaba contando algo en el momento en que entramos. Des Grieux le rectificaba. Debo observar que desde hacía dos o tres días mademoiselle Blanche y Des Grieux andaban insistentemente tras el principito *à la barbe du pauvre général*,[2] y la reunión, aunque de forma un tanto ficticia, había adoptado un tono alegre, cordial y familiar. Al ver ante sí a la abuela, el general quedó petrificado, con la boca abierta, sin poder terminar la frase empezada. La contemplaba con los ojos desorbitados, como fascinado por la mirada de un basilisco. También la abuela tenía los ojos fijos en él, silenciosa, inmóvil, pero con aire de triunfo, de desafío y burla. Estuvieron mirándose unos diez segundos, ante el profundo silencio de los demás. Al principio, Des Grieux quedó estupefacto; después, una expresión de extraordinaria inquietud asomó a su rostro. Mademoiselle Blanche, con las cejas arqueadas y la boca abierta, miraba a la abuela con gesto feroz. El príncipe y el sabio contemplaban perplejos aquel cuadro. La mirada de Polina denotó asombro y perplejidad; de pronto, palideció como un muerto, y al instante la sangre afluyó a su rostro y le cubrió las mejillas. En efecto, aquello era una catástrofe para todos. Yo me limitaba a mirar alternativamente a la abuela y a los demás presentes. El señor Ast-

---

[2] A las barbas del pobre general.

ley se mantenía aparte, tranquilo y ceremonioso, como de costumbre.

—¡Aquí estoy! ¡En lugar del telegrama! —profirió finalmente la abuela, rompiendo el silencio—. ¿Qué, no me esperabais?

—Antonida Vasílievna..., querida tía..., ¿cómo usted aquí? —balbuceaba el desdichado general.

Si la abuela hubiera permanecido callada unos segundos más, al general le habría dado un síncope.

—¿Que cómo? Cogí el tren y me vine. ¿Para qué sirven los ferrocarriles? ¿Qué pensabais? ¿Que había estirado la pata y os había dejado la herencia? ¿Crees que no sé que estuviste enviando telegramas? Buenos cuartos te habrás gastado. Tiene que ser caro mandar un telegrama a Rusia desde aquí. ¿Este es el francés aquel? ¿Monsieur Des Grieux, si no recuerdo mal?

—*Oui, madame* —respondió Des Grieux—, *et croyez, je suis si enchanté!... votre santé... c'est un miracle... vous voir ici... une surprise charmante...*[3]

—Sí, sí, *charmante!* Te conozco, farsante; no creo ni un ápice de lo que dices —Y le indicó su dedo meñique—. Y esta ¿quién es? —dijo señalando a mademoiselle Blanche. La impresionante francesa, vestida de amazona, el látigo en la mano, le había llamado la atención—. ¿Es de aquí?

—Es mademoiselle Blanche de Cominges, y esta, su madre, madame de Cominges. Se alojan en este hotel —le expliqué.

---

[3] Sí, señora, y crea que estoy encantado... su salud... es un milagro... verla a usted aquí... una sorpresa deliciosa...

—¿Está casada la hija? —preguntó sin ambages la abuela.

—Mademoiselle de Cominges es soltera —le respondí en tono respetuoso, bajando la voz instintivamente.

—¿Es alegre?

No llegaba a entender su pregunta.

—¿No se aburre una a su lado? ¿Entiende el ruso? Des Grieux, en Rusia, era un maestro en eso de chapurrear nuestra lengua.

Le expliqué que mademoiselle de Cominges no había estado nunca en Rusia.

—*Bonjour.*[4] —dijo la abuela, dirigiéndose de pronto a mademoiselle Blanche.

—*Bonjour, madame* —contestó con una reverencia ceremoniosa y elegante la francesa, apresurándose a mostrar bajo una apariencia de modestia y cortesía, en la expresión de su rostro y figura, el extremo asombro que le causaba tan extrañas pregunta y conducta.

—¡Oh, baja los ojos, hace remilgos y melindres! ¡Ya se ve qué pájara es! Será actriz. Me he alojado en este mismo hotel, en el primer piso —se dirigió repentinamente al general—. Seremos vecinos. ¿Te alegra?

—¡Oh, tía! Crea en mis más sinceros sentimientos..., en la satisfacción que me causa —se apresuró a decir el general. Había recobrado en parte la presencia de ánimo y, como en ocasiones sabía ser elocuente, se desató—: Estábamos tan alarmados y preocupados desde que nos enteramos de su enfermedad... Las noticias que nos llegaban no dejaban ninguna esperanza, y de pronto...

---

[4] Buenos días.

—¡Estás mintiendo, pero que mintiendo! —le interrumpió la abuela.

—Pero ¿cómo —la interrumpió a su vez el general y levantó la voz, simulando no haber oído aquel «estás mintiendo»—, cómo se ha decidido a hacer un viaje semejante? Convendrá conmigo en que, a su edad y con su salud..., ¡resulta todo tan inesperado! Tiene que comprender nuestra sorpresa. Pero estoy tan contento... Y todos nosotros —esbozó una sonrisa de ternura y entusiasmo— nos esforzaremos para hacer su estancia aquí lo más agradable posible.

—Bueno, ya está bien de habladurías vanas. Disparates, como de costumbre. Sabré apañarme yo sola para pasar el rato. Tampoco pienso rehuiros. No os guardo rencor. Preguntas que cómo he venido. Pues de la forma más sencilla. No me explico por qué tanto asombro. Hola, Praskovia; ¿qué haces aquí?

—Buenos días, abuela —dijo Polina, aproximándose a ella—. ¿Qué tal le ha ido el viaje?

—Por fin oigo una pregunta sensata y no esos ayes y suspiros. Ya sabes lo que pasa: acaba una por hartarse de tanto guardar cama y de tanto medicamento inútil. Así que eché a todos los médicos y llamé al sacristán de San Nicolás. Ya había curado de la misma enfermedad a una campesina, con polvo de heno. Y, bien, me ayudó. Al tercer día empecé a sudar y me levanté. Volvieron a reunirse los médicos alemanes, se calaron los lentes y sentenciaron: «Si se decide a tomar una cura de aguas en el extranjero, la obstrucción desaparecerá». «¿Y por qué no hacerles caso?», pensé yo. Los Dur-Zazhiguin estaban escandalizados. «Pero ¡si no va a llegar viva!». En un día hice mis maletas, cogí a la doncella, a Potápich, al lacayo

Fiódor (desde Berlín le mandé a casa, vi que no lo necesitaba, que podía pasarme sin él), y en marcha... Vine en un compartimiento especial. Y en todas las estaciones se encuentran mozos de cuerda, dispuestos a llevarte a cualquier parte por veinte kopeks. ¡Vaya habitaciones que habéis alquilado! —concluyó, mirando a su alrededor—. ¿Con qué dinero, querido? Si lo tienes todo hipotecado. Solamente al francés, le debes una fortuna. Lo sé, lo sé todo.

—Yo, tiíta... —empezó el general, turbado—, estoy sorprendido... Creo que puedo ahorrarme la necesidad de que me fiscalicen los gastos... Además, estos no superan mis ingresos, y nosotros aquí...

—Conque no superan, ¿eh? Ya habrás despojado a tus hijos de lo poco que les quedaba, ¿no es así, tutor?

—Después de esto, después de tales palabras —replicó el general, indignado—, no sé qué...

—¡Claro que no sabes! Estarás pegado a la ruleta. ¿Te habrás quedado sin blanca?

El general no sabía lo que le pasaba. Parecía ahogarse en el flujo de sentimientos que le agitaban.

—¿Yo, a la ruleta? ¡Un hombre de mi clase...! ¡Piense lo que dice! ¡Usted no está bien del todo!

—No mientas, anda. Seguro que no pueden apartarte de ella. ¡Mientes! Hoy mismo iré a ver la ruleta. Tú, Praskovia, tienes que explicarme dónde está, y tú, Alexéi Ivánovich, me acompañarás. Potápich, toma nota de todos los sitios que merecen visitarse. ¿Qué se puede ver aquí? —se dirigió de nuevo a Polina.

—Cerca de aquí están las ruinas de un castillo; luego, el Schlangenberg.

—¿Qué es eso de Schlangenberg? ¿Un bosque?

—No, una montaña. Tiene una *pointe*...

—¿Qué es eso de *pointe?*

—El punto más alto de la montaña; está cercado. Desde allí se abre una vista incomparable.

—Habría que subir la butaca a la montaña. ¿Crees que podrán?

—Se pueden encontrar portadores —dije yo.

En ese momento se acercó Fedosia, el aya, con los hijos del general.

—Bueno, nada de besuqueos. No me gusta besar a los niños. Todos tienen mocos. ¿Cómo estás, Fedosia?

—Aquí se está muy bien, pero que muy bien, Antonida Vasílievna —respondió Fedosia—. ¿Y usted, señora? Nos ha tenido muy preocupados.

—Lo sé. Tú, al menos, eres un alma sencilla. ¿Todos estos son invitados? —se dirigió de nuevo a Polina—. Y ese enclenque de las gafas, ¿quién es?

—El príncipe Nilski, abuela —le susurró Polina.

—¡Ah!, ¿conque es ruso? Creía que no me podía entender. Espero que no lo haya oído. Al señor Astley ya le he conocido. Ahí le veo —dijo al advertirle—. ¡Buenos días! —Se dirigió de repente al inglés.

El señor Astley la saludó con una inclinación de cabeza.

—¿Qué me dice usted? Diga algo. Tradúceselo, Polina.

Polina se lo tradujo.

—Le diré que estoy encantado de conocerla y que me alegra que se encuentre bien —contestó serio, pero extremadamente solícito, el señor Astley.

Se lo tradujeron. Aquellas palabras, evidentemente, le gustaron.

—¡Qué bien saben contestar los ingleses! —observó—. No sé por qué, siempre me han sido simpáticos.

No hay comparación posible con los franchutes. Venga a verme —le dijo al señor Astley—. Procuraré no aburrirle demasiado. Tradúceselo y dile que paro aquí, en el primer piso, aquí abajo, ¿entiende? —repetía, señalando el suelo con el dedo.

Aquella invitación encantó al inglés.

La abuela examinó a Polina de pies a cabeza, con mirada atenta y satisfecha.

—Te querría, Praskovia —dijo de repente—, porque eres una buena muchacha, la mejor de todos, pero tienes un carácter que... Bueno, a mí tampoco me falta... A ver, date la vuelta. ¿No es un postizo eso?

—No, abuela, es mi pelo.

—Me alegro. No soporto esa estúpida moda de ahora. Eres muy bonita. Si fuera un caballero, me enamoraría de ti. ¿Qué haces, que no te casas? Bueno, ya es hora de que me vaya. Tengo ganas de pasear. Tanto tren acaba por hartar. ¿Qué, sigues enojado? —se dirigió al general.

—¡Por Dios, tiíta! ¿Por qué iba a estarlo? —se apresuró a decir el general, que había recobrado el buen humor—. Comprendo que a sus años...

—*Cette vieille est tombée en enfance*[5] —me susurró Des Grieux.

—Quiero verlo todo. ¿Me cederás a Alexéi Ivánovich? —dijo la abuela.

—¡Oh, cómo no...! Pero yo mismo... y Polina y monsieur Des Grieux... Todos nos sentiremos honrados de acompañarla...

[5] Esta vieja chochea.

—*Mais, madame, cela sera un plaisir*[6] —aseguró Des Grieux volviéndose hacia ella con una sonrisa encantadora.

—¡Menudo *plaisir*! Me haces gracia, amigo. Por lo demás, no pienso darte dinero —añadió, dirigiéndose al general—. Ahora, a mis habitaciones: tengo que verlas. Y después, a visitarlo todo. ¡Levantadme!

Levantaron la butaca y todos la seguimos en procesión, escalera abajo. El general caminaba aturdido, como si hubiera recibido un mazazo. Des Grieux parecía meditar algo. Mademoiselle Blanche quiso quedarse en un principio, pero después debió de pensarlo y nos siguió. Detrás salió el príncipe, y arriba, en las habitaciones del general, se quedaron el alemán y madame *veuve* Cominges.

---

[6] Pero, señora, será un placer.

X

En los balnearios —y pienso que en toda Europa—, los gerentes y *maîtres* de hotel, a la hora de asignar habitaciones a los clientes, se guían menos por los deseos y exigencias de estos que por la propia y personal opinión que se forman de ellos. Hay que reconocer que rara vez se equivocan. Pero con la abuela indudablemente exageraron al concederle unas habitaciones tan lujosas: cuatro piezas, magníficamente amuebladas, con cuarto de baño, dependencias para la servidumbre, una habitación especial para doncella, etc. En efecto, hacía una semana se había alojado en aquellas habitaciones una grande *duchesse,* cosa que se comunicaba enseguida a todos los clientes nuevos para realzar el valor de los aposentos. Le enseñaron, mejor dicho, la pasearon por todas las habitaciones y ella las examinaba atenta y severamente. El *maître,* un hombre calvo, ya entrado en años, la acompañó con mucha deferencia durante aquella primera inspección.

No sé por quién la habían tomado, pero creo que por una persona importante y, sobre todo, muy rica. La inscribieron como *Madame la Générale, Princesse de Tarassévitcheva,* a pesar de que la abuela jamás había ostentado ese título. Criados propios, un compartimiento particular en el vagón, un sinfín de baúles, maletas y hasta arcas inútiles, que llegaron junto con la abuela, sirvieron para cimentar su prestigio. Y el sillón, la voz brusca y exigente, sus preguntas excéntricas, hechas con desenfado y en un tono que no admitía réplica: en una palabra, toda la figura de la abuela, erguida, brusca, autoritaria, acabó por granjearle la veneración general. Durante la inspección, la abuela ordenaba de pronto parar el sillón, señalaba algún detalle del mobiliario y hacía las más extrañas preguntas al *maître*, respetuosamente sonriente, pero un poco asustado. Preguntaba en francés, que, por lo demás, hablaba bastante mal, así que habitualmente yo tenía que traducir sus palabras. Las respuestas del *maître* no le gustaban y, en la mayoría de los casos, le parecían poco satisfactorias. Además, sus preguntas no venían al caso, y Dios sabe por qué las hacía. Por ejemplo, se detuvo ante un cuadro, una copia bastante mala de un célebre original de tema mitológico.

—¿De quién es este retrato?

El *maître* le respondió que, probablemente, sería de alguna condesa.

—¿Cómo? ¿No lo sabes? ¿Vives aquí y no lo sabes? ¿Por qué está colgado aquí? ¿Por qué tiene los ojos bizcos?

El *maître* no pudo responder satisfactoriamente a sus preguntas y, al final, se azaró del todo.

—¡Si será imbécil! —dijo la abuela en ruso.

La llevaron a otra habitación. Volvió a repetirse la misma historia con una figurilla de Sajonia, que la abuela estuvo examinando largamente y que mandó después que se la llevaran sin saber por qué. Finalmente, empezó a importunar al *maître*, preguntándole el precio de las alfombras de la alcoba y dónde las fabricaban. El *maître* prometió informarse.

—¡Si serán burros! —rezongó la anciana, y dirigió su atención a la cama.

—¡Espléndido baldaquín! Abra la cama.

Deshicieron la cama.

—Más, deshágala bien. Quite las almohadas, levante el edredón.

Revolvieron todo. La abuela lo examinó cuidadosamente.

—Por fortuna, no tienen chinches. ¡Fuera la ropa de cama! Pongan la mía. Y mis almohadas. Además, demasiado lujo para una vieja como yo. Me voy a aburrir, Alexéi Ivánovich; tienes que venir a verme con frecuencia, cuando no estés ocupado con los niños.

—Desde ayer ya no estoy al servicio del general. Vivo en el hotel por mi cuenta.

—¿Y por qué?

—El otro día llegó de Berlín, acompañado de su esposa, un importante barón alemán. Ayer, durante el paseo, hablé con él en alemán, sin atenerme a la pronunciación berlinesa.

—¿Y qué?

—Lo consideró una insolencia y se quejó al general, quien ayer mismo me despidió.

—¿Acaso insultaste al barón? (¡No estaría mal que lo hubiese hecho!).

—¡Oh, no! Todo lo contrario; el barón me amenazó con el bastón.

—¿Y tú, inútil, has permitido que trataran al preceptor de tus hijos así? —se dirigió de repente al general—. ¡Y, por si fuera poco, le despides! Está visto que sois unos papanatas. Esto es lo que sois.

—Descuide, tía —respondió el general en tono un

tanto desenfadado y altivo—. Sé cómo llevar mis asuntos. Además, Alexéi Ivánovich no le ha explicado con exactitud lo ocurrido.

—¿Y tú lo aguantaste? —me preguntó.

—Quise desafiar al barón —le contesté, lo más sereno y modesto posible—, pero el general se opuso.

—¿Y por qué tuviste que oponerte? —se dirigió de nuevo al general—. Y tú, anda, vete; ya vendrás cuando te llamen —le dijo al *maître*—, no tienes por qué estar así escuchando boquiabierto. ¡No soporto esa jeta nuremberguesa!

El *maître* saludó y salió, sin haber entendido, naturalmente, el cumplido de la abuela.

—Permítame, tía, ¿cree posibles los duelos? —preguntó irónico el general.

—¿Y por qué no? Todos los hombres son como gallos. Pues, a pelearse. Veo que sois unos papanatas; no sabéis defender el honor de vuestro país. Levantadme. Potápich, dispón que haya siempre dos portadores a mi servicio. Contrátalos y fija el precio. Basta con dos. Solo tendrán que llevarme por las escaleras, y, en terreno llano, empujar la silla. Díselo. Y págales por adelantado, serán más diligentes. Y no te alejes de mí. Tú, Alexéi Ivánovich, tienes que mostrarme a ese barón en el paseo. Quiero ver qué aspecto tiene el *vonbaron*. Bueno, ¿dónde está esa ruleta?

Le expliqué que las ruletas estaban instaladas en las salas del casino. Después vinieron sus preguntas. «¿Hay muchas?». «¿Son muchos los que juegan?». «¿Están todo el día jugando?». «¿Cómo funcionan?». Le contesté que lo mejor sería que lo viese con sus propios ojos; que era difícil describirlo.

—Pues llévame allí. Ve tú delante, Alexéi Ivánovich.

—¿Cómo, tía? ¿No va a descansar, después del viaje que ha hecho? —preguntó solícito el general.

Parecía un poco agitado. No solo el general, todos se sentían incómodos y se miraban unos a otros. Probablemente, les embarazaba y hasta avergonzaba tener que acompañar a la abuela al casino, donde, por supuesto, podía cometer algún disparate, pero esta vez en público. Sin embargo, todos se ofrecieron a acompañarla.

—¿Por qué iba a descansar? No estoy fatigada. Llevo cinco días sentada. Después iremos a ver las fuentes, las aguas termales. Y después ese..., ese, ¿cómo has dicho, Praskovia? *Pointe*, si no recuerdo mal.

—*Pointe*, abuela.

—*Pointe*, pues *pointe*. ¿Y qué más se puede ver?

—Muchas cosas, abuela —Polina parecía algo apurada.

—¡No sabes nada! Marfa, me vas a acompañar —dijo a su camarera.

—Pero ¿para qué quiere que vaya? —El general parecía inquietarse—. No puede hacerlo. Dudo que dejen entrar ni siquiera a Potápich en el casino.

—¡Tonterías! ¿Vamos a dejarla sola porque sea una criada? También es un ser humano. Llevamos una semana trotando por el mundo, tiene ganas de ver algo. ¿Con quién va a ir si no es conmigo? Sola es incapaz de asomar la nariz a la calle.

—Pero, abuela...

—Si te avergüenza acompañarme, quédate en casa; nadie te ha pedido que vengas conmigo. ¡Un general! Yo también soy generala. ¿Acaso pensáis formar procesión detrás de mí? Ya me las arreglaré con Alexéi Ivánovich...

Pero Des Grieux insistió en que todos fuéramos con ella. Y le soltó toda una sarta de frases amables acerca de la satisfacción que suponía acompañarla, etc. Nos pusimos en marcha.

—*Elle est tombée en enfance* —repetía Des Grieux al general—, *seule elle fera des bêtises...*[1]

No conseguí oír más, pero evidentemente le guiaba alguna intención determinada y, quizás, incluso, volviera a hacerse ilusiones.

Habría como media *versta*[2] hasta el casino. Nos dirigimos por el paseo de castaños. Había un jardincito, al otro lado del cual se encontraba el casino. El general parecía haberse tranquilizado un poco, ya que nuestra comitiva, aunque un tanto extravagante, no carecía de dignidad y decoro. Por lo demás, nada tenía de particular la aparición en el balneario de una persona enferma y débil, privada del uso de sus piernas. Era evidente, sin embargo, que el general temía el casino. ¿Qué iba a hacer una persona inválida, vieja por añadidura, junto a la ruleta? Polina y mademoiselle Blanche caminaban a ambos lados del sillón. Mademoiselle Blanche reía, manifestando una discreta alegría, llegando incluso a cambiar frases amables con la abuela, de forma que esta acabó por elogiarla. Por su parte, Polina se encontraba en la obligación de responder a las constantes e innumerables preguntas de la anciana: «¿Quién es ese que acaba de pasar?», «¿y esa del coche?». «¿Es grande la ciudad?», «¿y el jardín?». «¿Qué árboles son esos?». «¿Cómo se llaman esas montañas?». «¿Hay águilas por aquí?». «¿Qué tejado es ese tan ridícu-

[1] Chochea; sola, hará barbaridades.
[2] Antigua medida rusa equivalente a 1,076 km.

lo?». El señor Astley, que caminaba a mi lado, me susurró que esperaba acontecimientos aquella mañana. Marfa y Potápich iban inmediatamente detrás del sillón: Potápich, de frac, con corbata blanca, pero con gorra. Marfa, una solterona de cuarenta años, con buenos colores en el rostro y el pelo ligeramente canoso, llevaba un vestido de percal, cofia y zapatos crujientes de piel de cabritilla. La abuela se volvía a menudo hacia ellos para hablarles. Des Grieux y el general se habían quedado un poco rezagados y discutían acaloradamente. El general estaba muy decaído. Des Grieux le hablaba en tono resuelto. Quizás intentara animar al general. Evidentemente, le estaba dando algún consejo. Pero la abuela había pronunciado ya la frase fatal: «No te daré dinero». Acaso al francés aquella frase le pareciera inverosímil, pero el general conocía a su tía. Advertí que Des Grieux y mademoiselle Blanche continuaban cambiando miradas. El príncipe y el alemán viajero estaban al final de la alameda. Se habían quedado atrás y marcharon en otra dirección.

Nuestra llegada al casino fue triunfal. El portero y los lacayos mostraron la misma deferencia que la servidumbre del hotel. Miraban, sin embargo, con curiosidad. La abuela ordenó primero que le mostraran todas las salas; elogiaba unas cosas, otras la dejaban completamente indiferente. Quería saberlo todo. Llegamos por fin a las salas de juego. El lacayo que, apostado como un centinela, se hallaba junto a la puerta cerrada, la abrió de golpe de par en par, como impulsado por la sorpresa.

La aparición de la abuela en la ruleta causó profunda impresión en el público. En torno a las mesas de la ruleta y a la de *trente et quarante*, al otro extremo de la sala, había unos ciento cincuenta o doscientos jugadores, formando varias filas. Los que habían conseguido abrirse paso hasta las mesas se mantenían, como de costumbre, tenazmente en sus sitios, sin cederlos, hasta que perdían todo, pues no se permite quedarse allí como simple espectador y ocupar un puesto. A pesar de disponer de sillas, raros eran los jugadores que se sentaban, sobre todo cuando había una gran afluencia de público. Permaneciendo de pie ocupaban menos sitio y, además, era más cómodo para efectuar las apuestas. Los de las filas segunda y tercera se apretujaban tras los de la primera, esperando que llegara su turno. No obstante, impulsados por la impaciencia, deslizaban a veces la mano a través de la primera fila y hacían sus apuestas. Incluso desde la tercera fila se las componían para hacer sus posturas. No pasaban diez —ni cinco— minutos sin que surgiera algún problema, a causa de las apuestas dudosas. Aunque, por lo demás, la policía del casino era eficaz. Desde luego, no podían evitar las aglomeraciones. Más aún, las deseaban porque con ellas salían ganando. Ocho *croupiers*, sentados en torno a cada mesa, vigilaban con cien ojos las apuestas. Ellos mismos se encargaban de pagar y de resolver las discusiones que surgieran. En casos extremos, se recurría a la policía. Los agentes se encontraban en el mismo local, vestidos de paisano, mezclados entre el público, de modo que no se les pudiera reconocer. Vigilaban particularmente a los ladronzuelos y a los profesionales del robo, que pululaban por las ruletas, a causa de la facilidad que tienen para ejercer su industria. En efecto, en los demás lugares se ven obligados a robar de los bolsillos o forzar cerraduras, lo cual, en caso de fracaso, acarrea muchas complicaciones. Aquí basta con acercarse tranquilamente a la ruleta, apostar y, de pronto, meterse en el bolsillo, de forma ostensible y pública, el dinero ajeno. Si surge la discusión, el truhan insiste, con voz fuerte y clara, en que la postura es suya. Si ha sabido hacerlo con habilidad y los testigos empiezan a dudar, el ladrón consigue apropiarse a menudo del dinero; desde luego, siempre y cuando la cantidad no sea muy elevada. En este caso, se habría fijado algún *croupier* u otro jugador. Pero si la cantidad no es muy elevada, el verdadero dueño renuncia a veces a continuar la discusión, con tal de evitar el escándalo, y se marcha. Ahora bien, si se consigue descubrir al ladrón, lo expulsan con estrépito.

La abuela estuvo observando esto desde lejos, sin perderse el menor detalle. Le gustó mucho que expulsaran a los ladrones. Se mostró indiferente ante el *trente et quarante*. Le gustó más la ruleta y ver girar la bolita. Finalmente, expresó el deseo de ver el juego más de cerca. No comprendo cómo ocurrió, pero, a pesar de la estrechez, los lacayos y algún que otro sujeto —polacos arruinados en su mayor parte, dispuestos a ofrecer sus servicios a otros jugadores más afortunados y a todos los extranjeros— supieron hallarle y despejarle enseguida un sitio en el mismo centro de la mesa, junto al *croupier* principal, y empujaron allí el sillón. Numerosos visitantes que no participaban en el juego y se limitaban a mirar —ingleses con sus familias, en su mayoría— se precipitaron hacia la mesa para ver a la abuela por encima de las cabezas de los jugadores. Los impertinentes se volvieron hacia ella. Los *croupiers* empezaban a concebir esperanzas. Un jugador tan excéntrico parecía, en efecto, prometer algo extraordinario. Desde luego, una setentona, privada de sus piernas, deseando jugar, era un acontecimiento que no se repetía a diario.

Me abrí paso hacia la mesa y me coloqué junto a la abuela. Potápich y Marfa se habían quedado lejos, entre la muchedumbre. El general, Polina, Des Grieux y mademoiselle Blanche quedaron también atrás, apartados entre los espectadores.

Al principio, la abuela observaba a los jugadores. Me hacía a media voz preguntas bruscas y entrecortadas: «¿Quién es ese?». «¿Y esa?». Le agradaba particularmente un hombre muy joven, sentado a un extremo de la mesa, que jugaba muy fuerte, apostando billetes de mil, y que, según se murmuraba, llevaba ganados unos cuarenta mil francos, que tenía ante él en un montón de oro y de billetes de banco. Estaba pálido. Le brillaban los ojos y le temblaban las manos. Hacía sus apuestas sin ningún cálculo, lo que cogía su mano, y, sin embargo, seguía ganando y amontonando el dinero. Los lacayos se desvivían alrededor suyo: le acercaban la butaca, despejaban el sitio en torno suyo para que no le molestaran; todo ello en espera de una espléndida propina. Hay jugadores que, en la euforia del triunfo, reparten las propinas a manos llenas, sin contar el dinero. Ya se había instalado junto al joven un polaco que, en constante agitación, respetuosa pero incesantemente, le susurraba algo al oído, intentando sin duda aconsejar y dirigir su juego, y esperando, asimismo, una recompensa. Pero el jugador no le hacía ningún caso, apostaba sin premeditación alguna y seguía amontonando dinero. Evidentemente, estaba desconcertado. La abuela le observó unos minutos.

—Dile —se agitó de pronto la abuela, empujándome—, dile que deje el juego, que coja el dinero y que se marche. ¡Lo va a perder, lo va a perder todo! —se inquietó, jadeante de emoción—. ¿Dónde está Potápich? ¡Manda a Potápich! Pero dime, dime —me empujaba—, ¿dónde está Potápich? *Sortez! Sortez!*[3] —empezó a gritarle al joven.

Me incliné hacia ella y le susurré en tono decidido que allí no se podía gritar, ni tan siquiera hablar en voz alta, ya que el ruido perjudicaba en los cálculos y que nos iban a expulsar.

—¡Qué lástima! ¡Está perdido! Y así lo quiere él... no puedo mirarle, me revuelvo toda. ¡Si será imbécil! —Y la abuela miró para otro lado.

A su izquierda, en la otra mitad de la mesa, podía advertirse entre los jugadores a una dama acompañada de un enano. No sé quién sería aquel enano: quizás un pariente suyo, quizá lo llevara para llamar la atención. Había visto a la dama anteriormente. Todos los días, a la una de la tarde, aparecía junto a las mesas de juego y se marchaba exactamente a las dos. Jugaba una hora diaria. Ya la conocían, y por eso le acercaban al instante una butaca. Sacaba del bolsillo unas cuantas monedas de oro, varios billetes de mil francos, y empezaba a jugar, serena, con gran presencia de ánimo; calculaba cada postura, anotaba en un papel las cifras, tratando de hallar el sistema por el cual se concentraban las probabilidades. Hacía grandes apuestas. Ganaba todos los días mil, dos mil, todo lo más tres mil francos, después de lo cual se marchaba. La abuela estuvo observándola largo rato.

—¡Esta no perderá! ¡Descuida! ¿Quién es? ¿Lo sabes? ¿A qué se dedica?

[3] ¡Salga!

—Debe de ser una de esas francesas —le susurré.

—Al pájaro se le conoce por el vuelo. Se ve que tiene bien afiladas las garras. Explícame ahora qué significa cada tirada y cómo hay que jugar.

Le expliqué como pude el valor de las numerosas combinaciones de posturas: *rouge et noir, pair et impair, manque et passe*[4] y, además, diversos aspectos del sistema de números. La abuela escuchaba atentamente, intentaba retenerlo, volvía a preguntar, lo aprendía de memoria. Era fácil mostrarle ejemplos de cada sistema de posturas, así que fueron muchas las cosas que aprendió pronto y con facilidad. Estaba muy contenta.

—¿Qué significa *zéro*? Ese *croupier* del pelo rizado, el principal, acaba de gritar *zéro*. ¿Por qué se lleva todo lo que hay sobre la mesa? ¡Menudo montón se lleva! ¿Qué significa?

—El *zéro*, abuela, es el beneficio de la banca. Si la bola cae en *zéro*, todo lo que hay sobre la mesa es, sin distinción, para la banca. Aunque se hace otra jugada, que se sortea, la banca no paga nada.

—¡Eso sí que está bien! ¿Y no me dan nada?

—No, abuela; pero si pone usted al *zéro*, y sale este número, le pagan treinta y cinco veces lo apostado.

—¿Treinta y cinco veces, dices? ¿Y sale con frecuencia? ¿Qué hacen todos esos imbéciles que no apuestan a ese número?

—Existe solo una probabilidad contra treinta y seis.

—¡Tonterías! ¡Potápich, Potápich! Espera, yo llevo dinero. Aquí está. —Sacó del bolsillo un monedero repleto y tomó un federico—. Ponlo en el *zéro*.

[4] Rojo y negro, pares y nones, falta y pasa.

—Abuela, el *zéro* acaba de salir —le dije—; por lo tanto, tardará en volver a hacerlo. Va a perder mucho. Espere, al menos, un poco.

—Calla y ponlo.

—Escúcheme, quizá no vuelva a salir hasta la noche, puede perder hasta mil. Más de una vez ha ocurrido.

—¡Tonterías, ¿oyes?, tonterías! Quien tema al lobo que no vaya al bosque. ¿Qué? Hemos perdido. Vuelve a poner.

Perdimos asimismo el segundo federico. Pusimos el tercero. La abuela estaba impaciente. Tenía los ojos clavados en la bola que saltaba entre los huecos del platillo giratorio. Perdimos el tercer federico. La abuela estaba fuera de sí, no podía permanecer quieta, y hasta golpeó con el puño la mesa cuando el *croupier* anunció *trente six* en lugar del esperado *zéro*.

—¡Qué fastidio! —se irritaba la abuela—. ¿Va a tardar mucho en salir ese maldito cerucho? Antes me muero que considerar marcharme sin haber conseguido ese *zéro*. Ese desgraciado *croupier* del pelo rizado lo está haciendo a propósito para que no salga. Alexéi Ivánovich, pon dos federicos de oro juntos. Si va a apostar una tan poco, en cuanto salga el *zéro*, no va a ganar nada.

—¡Abuela!

—Haz el favor de ponerlos. No son tuyos.

Puse los dos federicos. La bola rodó largo rato por el platillo, por fin dejó de saltar. La abuela se estremeció, me apretó la mano y, de pronto, ¡zas!

—*Zéro* —anunció el *croupier*.

—¡Lo ves, lo ves! —La abuela se volvió hacia mí, radiante y satisfecha—. ¿No te lo había dicho? El propio Señor me aconsejó que pusiera dos federicos de oro.

¿Cuánto me van a dar? ¿Por qué se retrasan? ¡Potápich, Marfa! ¿Dónde están todos? ¡Potápich, Potápich!

—Abuela, cállese —le repetía en voz baja—; Potápich está junto a la puerta y no le dejarán pasar. Mire, abuela, ya le dan el dinero. Tómelo.

Le tendieron un pesado cartucho de papel azul sellado con cincuenta federicos, más veinte federicos sueltos. Acerqué el montón a la abuela con la raqueta.

—*Faites le jeu, messieurs! Faites le jeu, messieurs! Rien ne va plus?*[5] —exclamó el *croupier*, invitando a jugar y disponiéndose a girar la ruleta.

—¡Dios mío! Nos hemos retrasado. Ya empiezan a jugar. ¡Pon, pon! —se inquietaba la abuela—. Pero no te duermas, date prisa —decía fuera de sí, empujándome con todas sus fuerzas.

—¿Dónde pongo, abuela?

—¡Al *zéro*, al *zéro*! ¡Otra vez al *zéro*! Pon mucho. ¿Cuánto tenemos? ¿Setenta federicos? No escatimes, y pon veinte de golpe.

—Pero, abuela, sea razonable. Suele ocurrir que no sale en doscientas veces seguidas. Le aseguro que, si sigue así, se va a arruinar.

—¡Déjate de tonterías y ponlo! Estás gastando saliva en balde. Yo sé lo que me hago —La abuela temblaba furiosa.

—El reglamento prohíbe hacer posturas superiores a los doce federicos al *zéro*, abuela. Eso es lo que pongo.

—¿Cómo que lo prohíbe? ¿No estarás mintiendo? *Musié, Musié!* —Empezó a empujar al *croupier* sentado a

---

[5] ¡Hagan juego, señores! ¡Hagan juego, señores! ¿No va más?

su izquierda y que se disponía a lanzar la bola—: *Combien zéro? Douze? Douze?*[6]

Se lo expliqué rápidamente al francés.

—*Oui,* madame —le confirmó cortésmente el *croupier*—. Así como toda apuesta individual no puede, de acuerdo con el reglamento, superar los cuatro mil florines —añadió a título de explicación.

—Bueno, no hay nada que hacer; pon doce.

—*Le jeu est fait*[7] —gritó el *croupier*. El platillo giró y salió el trece. ¡Habíamos perdido!

—¡Otra vez, otra vez! ¡Pon otra vez! —gritaba la abuela.

Yo ya no intentaba oponerme y, encogiéndome de hombros, volví a poner doce federicos. El platillo giró largo rato. La abuela, temblorosa, le seguía con la vista. «¿Creerá en serio que puede volver a ganar en el *zéro*?», pensaba yo, observándola asombrado.

Una expresión de absoluto convencimiento en el triunfo resplandecía en su rostro; una seguridad infalible de que de un momento a otro iban a gritar *zéro!* La bola saltó a la casilla.

—*Zéro!* —exclamó el *croupier*.

—¿Qué te decía? —La abuela se volvió hacia mí, con gesto triunfal y furioso.

Yo era jugador: lo sentí en aquel mismo momento. Me temblaban los brazos y las piernas, creía desvanecerme. Desde luego, era raro que en unas diez tiradas salieran tres *zéro*. Pero no había por qué sorprenderse. Dos días antes, yo mismo había sido testigo de cómo salían

[6] ¿Cuánto al cero? ¿Doce? ¿Doce?
[7] Juego hecho.

tres *zéro* seguidos, y pude oír cómo uno de los jugadores que anotaba celosamente las jugadas en un papel observaba en voz alta que el día anterior ese mismo *zéro* había salido una sola vez en toda la jornada.

Al pagarle, trataron a la abuela con el respeto y la atención particulares que se merece quien ha sido el máximo ganador. Le correspondían exactamente cuatrocientos veinte federicos, es decir, cuatro mil florines y veinte federicos; esta última cantidad se la dieron en oro; los cuatro mil florines, en billetes de banco.

Ahora, la abuela ya no llamaba a Potápich. Estaba demasiado ocupada. Ya no empujaba a nadie, ni temblaba aparentemente. Su temblor era, si puedo expresarme así, interior. Había concentrado toda su atención en algo, como dispuesta a tomar una determinación.

—Alexéi Ivánovich, el *croupier* dijo que se podía apostar de golpe cuatro mil florines, ¿no es así? Ten, ponlos al rojo.

Era inútil tratar de disuadirla. El platillo empezó a girar.

—*Rouge!* —anunció el *croupier*.

Estos nuevos cuatro mil florines le daban, en total, ocho mil.

—Dame cuatro mil, y los otros cuatro vuelve a ponerlos al rojo —me ordenó la abuela.

Hice, una vez más, la postura de cuatro mil florines.

—*Rouge!* —anunció de nuevo el *croupier*.

—En total, doce mil. Dámelos. El oro aquí, al monedero; los billetes, guárdalos tú. ¡Basta! ¡A casa! ¡Que aparten mi sillón!

XI

Llevaron el sillón hacia la puerta, al otro extremo de la sala. La abuela estaba radiante. Todos se apresuraron a felicitarla. Por muy extravagante que pareciera su conducta, el triunfo compensaba muchas excentricidades, y el general ya no temía que el parentesco con aquella mujer le comprometiera públicamente. Felicitó a la abuela como quien consuela a un niño, con sonrisa condescendiente y una jovialidad familiar. Por lo demás, estaba tan sorprendido como el resto de los espectadores. Estos comentaban lo ocurrido y señalaban a la abuela. Muchos pasaban a su lado para examinarla más de cerca. El señor Astley estaba un poco apartado, hablando de la abuela con los compatriotas suyos. Varias espectadoras, damas importantes, la contemplaban con majestuosa perplejidad, como si se tratara de un milagro. Des Grieux era todo sonrisas y felicitaciones.

—*Quelle victoire!*[1] —le decía.

—*Mais, madame, c'était du feu!*[2] —añadió con sonrisa aduladora mademoiselle Blanche.

—Ya ve, me puse y gané doce mil florines. Pero ¿qué

[1] ¡Qué victoria!
[2] Pero, señora, ¡esto ha sido brillantísimo!

digo doce mil? ¿Y el oro? ¡Con el oro son casi trece mil! ¿Cuánto será en moneda rusa? ¿Unos seis mil rublos?

Le comuniqué que pasaba de los siete mil y, de acuerdo con el curso actual, llegaría a los ocho mil.

—¡Menudo pellizco! ¡Ocho mil rublos! Y vosotros, como papanatas, perdiendo el tiempo. Potápich, Marfa, ¿lo habéis visto?

—Pero, señora, ¿cómo lo ha conseguido? ¡Ocho mil rublos! —le adulaba Marfa.

—Tened, os regalo cinco federicos a cada uno.

Potápich y Marfa se apresuraron a besarle la mano.

—Dadles un federico a los portadores; Alexéi Ivánovich, un federico de oro a cada uno. ¿Qué pasa? Parece que ese lacayo me está haciendo reverencias. ¡Y ese otro! ¿Quieren felicitarme? Dales un federico.

—*Madame la princesse... un pauvre expatrié... malheur continuel... les princes russes sont si généreux...*[3] —importunaba junto al sillón un sujeto con bigotes, levita raída, chaleco de abigarrados colores, que, la gorra en la mano, le sonreía servilmente.

—Dale también un federico. No, dale dos. Bueno, basta, no vamos a acabar nunca. Levantad el sillón y llevadme. Praskovia —se dirigió a Polina Alexándrovna—, mañana te compraré un vestido, y a esa mademoiselle..., ¿cómo se llama?, mademoiselle Blanche, ¿no es así?, a ella otro. ¡Tradúceselo, Praskovia!

—*Merci, madame.* —Hizo una reverencia humilde y enternecida, al tiempo que torcía la boca en una sonrisa irónica dirigida a Des Grieux y al general.

---

[3] Señora princesa... un pobre expatriado... una desdicha permanente... los príncipes rusos son tan generosos...

Este, que se sentía un poco incómodo, experimentó un gran alivio al llegar al paseo.

—¿Y Fedosia? ¡Cómo se sorprenderá Fedosia! —dijo la abuela, recordando al aya del general—. Tengo que darle dinero para que se compre un vestido. ¡Eh, Alexéi Ivánovich, Alexéi Ivánovich, dale limosna a ese mendigo!

Un pordiosero con la espalda encorvada que pasaba por el camino se nos quedó mirando.

—Parece un granuja, no es un mendigo, abuela.

—Anda, dale un florín.

Me acerqué y le tendí la moneda. Me miró perplejo, pero cogió en silencio el dinero. Apestaba a vino.

—Y tú, qué, ¿no has tentado la suerte?

—No, abuela.

—¿Crees que no he visto cómo te brillaban los ojos?

—Lo intentaré más adelante, lo intentaré, abuela.

—Pon directamente al *zéro*. Ya verás. ¿Cuánto dinero tienes?

—Solo veinte federicos, abuela.

—No es mucho. Si quieres te prestaré cincuenta. Ten, coge este mismo cartucho. Y tú, amigo, no esperes, que no pienso darte nada —se dirigió de pronto al general.

Aquellas palabras le sentaron como una bofetada, pero se calló. Des Grieux frunció el ceño.

—*Que diable, c'est une terrible vieille!*[4] —susurró entre dientes al general.

—¡Un mendigo, un mendigo! ¡Otro mendigo! —exclamó la abuela—. Alexéi Ivánovich, dale también un florín.

---

[4] ¡Qué diablos, es una vieja terrible!

Esta vez se trataba de un anciano, con una pierna de palo, vestido con una especie de levita azul de largos faldones, y un enorme bastón. Parecía un viejo soldado. Pero, cuando le extendí el florín, dio un paso hacia atrás y me miró con aire severo.

—*Was ist der Teufel!*[5] —exclamó, añadiendo a esta una docena de injurias.

—¡Imbécil! —exclamó la abuela con gesto desdeñoso—. ¡Vamos, que tengo hambre! Ahora a comer, descansaré un poco y después volveremos.

—¿Otra vez quiere jugar, abuela? —exclamé.

—¿Y qué pensabais? Porque estéis vosotros muertos de aburrimiento, ¿voy a aburrirme yo también?

—*Mais madame* —se acercó Des Grieux—, *les chances peuvent tourner, une seule mauvaise chance, et vous perdrez tout... Surtout avec votre jeu... c'était terrible!*[6]

—*Vous perdrez absolument*[7] —murmuró mademoiselle Blanche.

—¿Y a ustedes qué les importa? ¿Acaso voy a perder su dinero? ¿Dónde está el señor Astley? —me preguntó.

—Se ha quedado en el casino.

—Lástima. Es una excelente persona.

De regreso al hotel, en plena escalera, la abuela, al ver al camarero, le llamó y se jactó de su triunfo. Después llamó a Fedosia, le regaló tres federicos y ordenó que le sirvieran la comida. Mientras duró esta, Fedosia y Marfa parecían deshacerse ante la abuela.

[5] ¿Qué diablos es esto?
[6] Pero, señora, la suerte es tornadiza; una mala jugada y lo perderá todo... Sobre todo con su juego... ¡era terrible!
[7] Perderá usted sin ninguna duda.

—La estaba mirando, Antonida Vasílievna —cotorreaba Marfa—, y le decía a Potápich: ¿qué irá a hacer la señora? ¡Y cuánto dinero había en la mesa, cuánto! ¡Dios mío, en mi vida había visto tanto dinero! Y todos eran auténticos señores. «¿Y de dónde habrá venido tanto señor?», le pregunté a Potápich. «¡Que la Virgen la ayude!», pensaba para mis adentros. Estaba yo rezando por usted, señora, y creía que se me paraba el corazón. Y temblaba. «¡Señor, ayúdala!». Y el Señor la ha ayudado. Aún estoy temblando, Antonida Vasílievna, aún estoy temblando.

—Alexéi Ivánovich, prepárate para después de comer, a eso de las cuatro. Ahora vete, adiós, y no dejes de mandarme a un medicucho, que tengo que tomar las aguas. ¡A ver si te vas a olvidar!

Al salir de sus habitaciones, creía estar soñando. Trataba de imaginarme qué iba a ser de la familia y qué cariz tomarían sus asuntos. Veía claramente que nadie —y ante todo el general— se había repuesto todavía de su primer asombro. La aparición de la abuela, en lugar del telegrama esperado con tanta impaciencia anunciando su muerte —y, por lo tanto, la herencia que les dejaba—, había deshecho hasta tal punto todo el sistema de proyectos y decisiones ya tomadas que, de antemano, aceptaban con absoluta perplejidad y una especie de estupor las posteriores hazañas de la abuela en la ruleta. Y, sin embargo, este segundo hecho quizá fuera más importante que el primero, pues, aunque la abuela hubiera repetido dos veces que no pensaba dar dinero al general, ¿quién sabía?, acaso no estuvieran perdidas todas las esperanzas. Tampoco las perdía Des Grieux, complicado en todos los asuntos del general. Estoy seguro de que mademoiselle Blanche, asimismo complicada —y cómo no iba a estarlo: generala y con una buena herencia!—, no se desanimaría y utilizaría todos los recursos de la coquetería para conquistar a la abuela, a diferencia de la orgullosa, indómita y poco dúctil Polina. Ahora, tras las hazañas de la abuela en la ruleta, en que la personalidad de la anciana había quedado grabada en su mente con tanta nitidez y tipismo —una vieja obstinada y ambiciosa *et tombée en enfance*—, ahora todo parecía perdido. Ella era feliz como un niño que obtiene un juguete y, naturalmente, se arruinaría en el juego. ¡Dios mío —pensaba yo (y perdóname, Señor, mi maligna alegría)—, pero si cada federico apostado por la abuela era una herida en el corazón del general, ponía furioso a Des Grieux y volvía frenética a mademoiselle Blanche de Cominges, a quien habían puesto la miel en los labios! Y otro hecho: incluso en plena euforia del triunfo, cuando la abuela repartía el dinero a todo el mundo y confundía cada transeúnte con un mendigo, incluso entonces, sin poder contenerse, le dijo: «¡No pienso darte nada!». Esto significaba que se le había metido aquella idea en la cabeza, se aferraba a ella, se había hecho una promesa; ¡era peligroso, peligroso!

Todas estas consideraciones pasaron por mi mente mientras subía por la escalera principal al último piso, a mi cuartucho. Aquello me preocupaba, aunque ya antes habría podido descubrir los hilos más importantes, más fuertes, que ligaban a los actores ante mis ojos, pero todavía no conocía todos los resortes, todos los secretos del juego. Polina jamás me había hablado con absoluta franqueza. Aunque a veces me abriera, como a su pesar, el corazón, yo había observado que a menudo, de hecho, casi siempre, después de aquellas confidencias, o intentaba reducirlo todo a una broma o lo embrollaba, de manera que sus confesiones tuvieran una falsa apariencia. ¡Ella me ocultaba muchas cosas! De todos modos, yo presentía que se aproximaba el final de aquella situación misteriosa y tensa. Un golpe más, y todo acabaría por descubrirse. Interesado directamente en todo aquello, mi destino, sin embargo, casi no me inquietaba. Me encontraba en un extraño estado de ánimo: en el bolsillo, solo veinte federicos; estaba lejos, en un país extranjero, sin empleo y sin medios de vida, sin esperanza, sin nada con que contar, ¡y todo me tenía sin cuidado! De no existir Polina, me habría entregado por completo a aquel interés cómico por el próximo desenlace, desternillándome de risa. Pero Polina me preocupaba: se iba a decidir su suerte, lo presentía, aunque debo confesar que no era su suerte lo que me inquietaba. Habría querido penetrar en sus secretos, deseaba que viniera y me dijera: «Sabes que te amo». Pero, si aquello no podía ser, si aquella locura era inconcebible, entonces... ¿qué iba a desear? ¿Acaso yo lo sabía? Me hallaba como perdido; todo lo que ansiaba era estar junto a ella, en su aureola, en su esplendor, para la eternidad, para siempre, para toda la vida. Era lo único que sabía. ¿Podía acaso dejarla?

En el tercer piso, en el pasillo al que daban los aposentos de ellos, sentí como si algo me golpeara. Me volví y vi a unos veinte pasos a Polina que salía de una habitación. Parecía como si me hubiera estado esperando y, de pronto, me hallara. Me hizo una señal para que me acercara.

—Polina Alexándrovna...

—Hable más bajo —me previno.

—Figúrese —le susurré—, siento de pronto como un golpe en el costado, me vuelvo, y ¡es usted! Parece como si despidiera electricidad.

—Tome esta carta —dijo Polina, preocupada y taciturna, probablemente sin haber oído lo que yo le decía—, y llévesela al señor Astley, ahora. Deprisa, se lo ruego. No tiene contestación. Él mismo... —No terminó la frase.

—¿Al señor Astley? —pregunté extrañado.

Polina ya había desaparecido. «Vaya, entonces se cartean». Yo, naturalmente, corrí a buscar al señor Astley, primero en su hotel, donde no lo encontré; después en el casino, donde recorrí todas las salas, disgustado, casi desesperado. Di con él por casualidad, al volver a casa, entre una cabalgata de ingleses e inglesas. Le llamé, le detuve y le entregué la carta. No tuvimos tiempo ni de cambiar una mirada. Aunque sospecho que el señor Astley espoleó su caballo intencionadamente.

¿Me atormentaban los celos? Estaba completamente deshecho. No sentía deseos ni siquiera de conocer por qué se escribían. Entonces ¡era su confidente! «Desde luego, es su amigo —pensaba yo—, no cabe la menor duda. (¿Cuándo tuvo tiempo de hacerse amigo de Polina?). Pero ¿era aquello amor?». Naturalmente que no, me susurraba la razón. Mas, en casos así, la razón no es suficiente. De todos modos, debía cerciorarme. La cosa se complicaba de modo francamente desagradable.

Apenas hube entrado en el hotel, el portero y el *maître*, que salió de su habitación, me dijeron que preguntaban por mí, que me buscaban, que tres veces habían bajado a informarse de si había llegado y me rogaban que acudiera lo antes posible a las habitaciones del general.

En el gabinete, además de él, estaban Des Grieux y mademoiselle Blanche, sola, sin la madre. Esta, sin lugar a dudas, era una madre postiza, a la que recurrían para cubrir las apariencias. Cuando se trataba de algo serio, mademoiselle Blanche obraba por su propia cuenta. Lo más probable es que aquella mujer ignorara los asuntos de su pretendida hija.

Los tres estaban discutiendo algo acaloradamente, y la puerta del gabinete permanecía cerrada con llave, cosa que jamás había ocurrido. Al acercarme a la puerta, oí la voz impertinente y mordaz de Des Grieux, los gritos ofensivamente descarados y furiosos de mademoiselle Blanche, y el tono lastimoso del general, quien, era evidente, pretendía justificarse de algo. Al verme llegar, todos parecieron contenerse y moderarse. Des Grieux arregló su peinado y mudó la expresión de enojo por una sonrisa, esa sonrisa francesa, mezquina, oficialmente cortés, que yo tanto aborrezco. El general, deshecho y abatido, se irguió de forma casi maquinal. Tan solo mademoiselle Blanche casi no cambió la furiosa expresión de su rostro y se limitó a callarse, dirigiéndome una mirada llena de espera impaciente. Debo observar que hasta entonces me había tratado siempre con singular desprecio; ni siquiera respondía a mis saludos. Simplemente, para ella, yo no existía.

—Alexéi Ivánovich —empezó el general, en tono de amistoso reproche—, permítame que le diga que es muy extraño, sumamente extraño... En una palabra, su conducta respecto a mí y a mi familia... En una palabra, es sumamente extraño...

—*Eh, ce n'est pas ça*[8] —interrumpió Des Grieux, irri-

[8] Ah, no es eso.

tado y desdeñoso. (Siempre tenía que corregir a todo el mundo)—. *Mon cher monsieur, notre cher général se trompe,*[9] al caer en ese tono —continuó sus palabras en ruso—, pero él pretendía decirle... es decir, avisarle o, mejor dicho, suplicarle encarecidamente, que no le pierda. ¡Sí, así es, no le pierda! Empleo deliberadamente esta expresión...

—Pero ¿cómo, cómo? —le interrumpí.

—Por favor, usted pretende convertirse en mentor, ¿cómo diría yo?, de esa vieja, *cette pauvre terrible vieille*[10] —hasta Des Grieux se embrollaba—, pero ella va a arruinarse, a arruinarse por completo. Usted mismo lo ha visto, ha sido testigo de cómo juega. Si empieza a perder, no sabrá apartarse de las mesas, por terquedad, por pura maldad, y seguirá jugando y jugando... Y, en estos casos, nunca puede uno desquitarse, y entonces... entonces...

—Y entonces —continuó el general—, usted habrá conseguido la perdición de toda la familia. Mi familia y yo somos sus herederos. No tiene parientes más próximos. Le diré con franqueza: mis asuntos andan mal, muy mal. Usted mismo lo sabe en parte... Si ella pierde una cantidad considerable, o, incluso, toda su fortuna (¡oh, santo cielo!), ¿qué será entonces de nosotros, de mis hijos —el general lanzó una mirada a Des Grieux—, qué será de mí? —Miró a mademoiselle Blanche, que, desdeñosa, le había dado la espalda—. Alexéi Ivánovich, sálvame, sálvame...

—Pero, dígame, general, ¿qué puedo hacer yo? ¿Qué tengo que ver yo en todo esto?

---

[9] Mi querido señor, nuestro querido general se equivoca.
[10] Esta pobre y terrible vieja.

—Niéguese, niéguese, abandónela.

—Habrá otro que la ayude —exclamé.

—*Ce n'est pas ça, ce n'est pas ça* —volvió a interrumpir Des Grieux—, *que diable!* [11] No, no la abandone, pero al menos apártela, convénzala, distráigala. En una palabra, no le deje perder demasiado, entreténgala de algún modo.

—¿Y cómo voy a hacerlo? ¿Y si lo intentara usted, monsieur Des Grieux? —añadí con mi más ingenua expresión.

En aquel momento advertí la mirada interrogante, rápida, vehemente que mademoiselle Blanche dirigía a Des Grieux. Al rostro del propio Des Grieux asomó una expresión singular, franca, algo que no pudo disimular.

—Ahí está, a mí la vieja no me aceptará —exclamó Des Grieux con gesto de impotencia—. Quizá... más adelante.

—*Oh, mon cher monsieur Aléxis, soyez si bon.* [12]

Mademoiselle Blanche se me acercó con su sonrisa más cautivadora, me cogió las manos y las estrechó. ¡Diablos! Aquel rostro demoniaco sabía transfigurarse instantáneamente. En aquel momento apareció en él una expresión suplicante, graciosa, una sonrisa infantil, incluso traviesa. Al terminar la frase, me guiñó un ojo a hurtadillas, con aire pícaro. ¿Pretendía con ello ganarse mi favor de una vez para siempre? No le salió muy mal, aunque resultaba todo extremadamente grosero, desagradable.

Tras la francesa, se abalanzó —esta es la palabra— el general.

[11] No es eso, no es eso, ¡qué diablos!
[12] Oh, mi querido señor Alexéi, sea bueno.

—Alexéi Ivánovich, debe perdonarme, no empecé bien; no era eso lo que pretendía decirle. Se lo ruego, se lo suplico, me inclino ante usted, a la rusa; ¡solo usted puede salvarnos! Mademoiselle de Cominges y yo le suplicamos, ¿se da cuenta? —me imploraba, señalándome con la mirada a mademoiselle Blanche. Era digno de compasión.

En aquel momento se oyeron tres golpes secos y respetuosos en la puerta. Abrieron. Era el camarero del piso. Tras él, a unos pasos, Potápich. Los enviaba la abuela. Tenían la orden de buscarme y llevarme a su presencia inmediatamente. «Está irritada», comunicó Potápich.

—Pero si no son más que las tres y media.

—No ha podido conciliar el sueño, ha estado dando vueltas. De pronto, se ha incorporado, ha exigido el sillón y me ha mandado que fuera a buscarle a usted. Ya está en el porche.

—*Quelle mégère!*[13] —exclamó Des Grieux.

En efecto, encontré a la abuela en el porche, impaciente a causa de mi ausencia. No había podido esperar hasta las cuatro.

—Vamos, llevadme —exclamó.

Y nos dirigimos de nuevo a la ruleta.

[13] ¡Qué arpía!

XII

La abuela era toda impaciencia e irritación; la ruleta se había convertido en una idea obsesiva. Además, no conseguía fijar su atención en nada; estaba extremadamente distraída. Ya no hacía preguntas por el camino, como por la mañana. Al ver un lujoso coche que pasó junto a nosotros como un torbellino, hizo un gesto con la mano y me preguntó: «¿Qué es eso? ¿Quiénes son?». Pero, al parecer, no prestó atención alguna a mi respuesta. Estaba sumida en un estado de meditación, solamente interrumpido por bruscos movimientos y salidas de tono. Al acercarnos al casino, le mostré desde lejos al barón Wurmerhelm y a su esposa; miró distraída y en tono indiferente dijo: «¡Ah!»; se volvió hacia Potápich y Marfa, que la seguían, y les espetó:

—¿Qué andáis pegados a mí? ¿No pensaréis venir conmigo siempre? ¡A casa! Me basta contigo —añadió dirigiéndose a mí, cuando los dos servidores hubieron saludado apresuradamente y se volvieron al hotel.

En el casino ya estaban esperando a la abuela. Le cedieron el mismo sitio, junto al *croupier*. Siempre me ha parecido que los *croupiers*, tan ceremoniosos, con aire de vulgares funcionarios, a los que nada importa que gane o pierda la banca, no son tan indiferentes, y, desde luego, tienen instrucciones muy precisas para atraer a los jugadores y para velar por el interés del fisco, por lo que reciben premios y gratificaciones. Desde luego, miraban a la abuela como a una víctima. Ocurrió lo que todos esperábamos.

He aquí cómo.

La abuela se lanzó sobre el *zéro,* ordenando poner doce federicos. Jugamos una, dos, tres veces, pero el *zéro* no salía.

—¡Apuesta! ¡Apuesta! —me empujaba impaciente la abuela.

Yo obedecía.

—¿Cuántas posturas hemos hecho? —me preguntó por fin. Le rechinaban los dientes de impaciencia.

—Ya son doce, abuela. Ciento cuarenta y cuatro federicos. Le advierto, abuela, que hasta la noche, por lo menos...

—¡Cállate! —me interrumpió la abuela—. Sigue apostando al *zéro* y pon mil florines al rojo. Ten el dinero.

Salió el rojo, pero el *zéro* falló de nuevo. Nos devolvieron mil florines.

—¿Lo ves, lo ves? —susurraba la abuela—, nos han devuelto casi todo lo perdido. Vuelve a poner al *zéro;* lo haremos unas diez veces más y después abandonaremos el juego.

Pero, a la quinta jugada, la anciana había perdido el interés.

—¡Manda al diablo a ese maldito *zéro*! Pon los cuatro mil florines al rojo —me ordenó.

—Abuela, es demasiado dinero. ¿Y si no sale el rojo? —supliqué en vano.

Estuvo a punto de pegarme (sus empujones eran, por otra parte, verdaderos golpes). No había nada que hacer y puse al rojo los cuatro mil florines ganados la víspera. La abuela permanecía erguida, con gesto orgulloso, segura del triunfo.

—*Zéro* —exclamó el *croupier*.

Al principio, la abuela no lo comprendió; pero al ver que el *croupier* se llevaba los cuatro mil florines junto con todo lo que había sobre la mesa, y se enteró de que el *zéro*, que tanto había tardado en salir y al que habíamos jugado y perdido casi doscientos federicos, había salido en el momento preciso en que ella lo había maldecido y abandonado, lanzó un suspiro e hizo un ademán con las manos que provocó la hilaridad general.

—¡Dios mío! ¡Ahora sale el maldito! —clamaba la abuela—. ¡Condenado *zéro*! ¡Tú, tú tienes la culpa! —Se lanzó furiosa sobre mí, dándome empujones—. ¡Tú me has disuadido!

—Abuela, yo pretendía que usted fuera razonable. ¿Cómo quiere que responda por todas las probabilidades?

—¡Ya te voy a dar a ti probabilidades! —susurraba amenazante—. ¡Fuera de aquí!

—Adiós, abuela —Y me volví para irme.

—Alexéi Ivánovich, ¡quédate! ¿Adónde vas? No es para tanto, hombre. ¡Vaya manera de enojarse! ¡Tonto! Anda, quédate, quédate, no te enfades. La culpa es mía. Bueno, dime qué debo hacer ahora.

—No pienso aconsejarle, abuela, porque me acusará a mí. Juegue sola. Usted mande y yo haré las posturas.

—Bueno, hombre, bueno; pon otros cuatro mil florines al rojo. Ten, la cartera, cógela. —Extrajo la cartera del bolsillo y me la tendió—. Tú, coge veinte mil rublos contantes y sonantes.

—Abuela —balbuceé—, una suma tan grande...

—Me ahorco si no me desquito. ¡Pon!

Pusimos y perdimos.

—Pon, pon, pon ocho mil.

—Abuela, es imposible. La mayor postura es de cuatro mil.

—Pues pon cuatro.

Esta vez ganamos. La abuela se animó.

—¿Lo ves, lo ves? —Empezó a empujarme—. Vuelve a poner cuatro.

Pusimos y perdimos. Y otra y otra vez.

—Hemos perdido doce mil —le informé.

—Ya veo que los hemos perdido —dijo la abuela con una especial impasibilidad rabiosa, si puedo expresarme así—. Ya lo veo, hombre, lo veo perfectamente —rezongaba con la mirada fija, como si reflexionara—. Antes me ahorco. Vuelve a poner cuatro mil florines.

—Ya no nos queda dinero, abuela. En la cartera solo hay obligaciones rusas al cinco por ciento y unos títulos, pero dinero no queda.

—¿Y en el monedero?

—Solamente calderilla.

—¿Hay aquí casas de cambio? Me han dicho que se pueden cambiar valores rusos —dijo la abuela en tono decidido.

—Todas las que desee. Pero perderá tanto en el cambio que... hasta un judío quedaría horrorizado.

—¡Tonterías! Me desquitaré. Llévame. Llama a esos imbéciles.

Aparté el sillón de la mesa. Se acercaron los portadores y salimos del casino.

—¡Deprisa, deprisa! —ordenó la abuela—. Diles por dónde hay que ir, pero por el camino más corto... ¿Está lejos?

—A dos pasos, abuela.

A la vuelta de la esquina aparecieron los nuestros: el general, Des Grieux y mademoiselle Blanche con su madre. Polina Alexándrovna no estaba con ellos. El señor Astley, tampoco.

—Vamos, vamos, nada de pararse —gritó la abuela—. ¿Qué queréis? ¡No tengo tiempo para entretenerme con vosotros!

Yo iba detrás. Des Grieux se acercó presuroso.

—Ha perdido todo lo de ayer y doce mil florines suyos. Vamos a cambiar títulos —le susurré a toda prisa.

Des Grieux dio un golpe en el suelo y corrió a comunicárselo al general.

—¡Deténganse! ¡Deténganse! —me gritó el general, enfurecido.

—Intente usted detenerla —le susurré.

—Tía —se acercó a ella el general—, tía... nosotros... íbamos ahora a... —su voz, temblorosa, al fin se quebró—, íbamos a alquilar caballos y a dar una vuelta por los alrededores... Hay unas vistas espléndidas... La *pointe*... queríamos invitarla...

—¡Déjame en paz con tu *pointe*! —rechazó irritada la abuela, con un gesto.

—Hay una aldea... tomaremos el té... —continuó el general, completamente desesperado.

—*Nous boirons du lait, sur l'herbe fraîche*[1] —añadió Des Grieux en tono ferozmente rabioso.

Du lait, de l'herbe fraîche: ¡ahí tienen ustedes todos los sueños idealmente idílicos de un burgués de París!

---

[1] Beberemos leche, sobre la hierba fresca.

¡A eso quedan reducidos todos sus conceptos sobre «*la nature et la vérité!*».[2]

—¡Al diablo tu leche! Te la bebes tú mismo, que a mí me da dolor de tripa. ¿Qué esperáis? —gritó la abuela—. Ya os he dicho que no tengo tiempo.

—Hemos llegado, abuela —exclamé—; es aquí.

Estábamos ante las oficinas de un banquero. Entré a cambiar. La abuela se quedó esperándome en la puerta. Des Grieux, el general y Blanche se mantuvieron aparte, sin saber qué decisión tomar. La abuela les dirigió una furiosa mirada y los tres se fueron hacia el casino. Me propusieron un cambio tan desfavorable que vacilé y salí a pedir instrucciones a la abuela.

—¡Qué bandidos! —exclamó, juntando las manos—. Bueno, no hay nada que hacer. ¡Cambia! —dijo decidida—. Espera, llama al banquero.

—¿Acaso a alguno de los empleados, abuela?

—Pues a un empleado, me da lo mismo. ¡Si serán bandidos!

El empleado accedió a salir, al saber que le llamaba una condesa anciana, enferma e impedida. La abuela, encolerizada, estuvo largo rato tratándole de estafador en voz alta e intentando regatear en una mezcla de ruso, francés y alemán, ayudada por mí. El empleado, de aspecto grave, nos miraba en silencio y decía que no con la cabeza. A la abuela la examinaba con excesiva curiosidad, lo cual era una descortesía; finalmente empezó a sonreír.

—Bueno, lárgate —exclamó la abuela—. ¡Así te atragantes con mi dinero! Cambia, Alexéi Ivánovich; no tenemos tiempo, de lo contrario iríamos a otro banco...

[2] La naturaleza y la verdad.

—Dice que en otro sitio nos darán aún menos.

No puedo recordar cuál fue el cambio, pero era un auténtico robo. Cambié por valor de doce mil florines en oro y billetes de banco, tomé la cuenta y lo llevé todo a la abuela.

—Bueno, bueno, no hay por qué contarlo —Y agitó las manos—. ¡Vamos, deprisa, deprisa! ¡Jamás volveré a apostar a ese maldito *zéro*, ni al rojo! —exclamó al llegar al casino.

Esta vez intenté convencerla por todos los medios de que apostara lo menos posible, diciéndole que, si cambiaba la suerte, siempre habría tiempo a apostar fuerte. Pero era tan impaciente que, aunque al principio se mostraba de acuerdo, una vez puesta a jugar no podía contenerse. En cuanto empezaba a ganar posturas de diez, veinte federicos: «¿Lo ves, lo ves? —empezaba a darme empujones—, hemos ganado. Si hubiésemos apostado cuatro mil en lugar de diez, ahora habríamos cogido otros cuatro mil. ¿No te lo decía? ¡Y todo por tu culpa!».

Su forma de jugar me exasperaba, pero decidí callar y no darle más consejos.

De pronto, surgió Des Grieux. Los tres estaban muy cerca. Observé que mademoiselle Blanche se quedaba aparte con su madre y coqueteaba con el principito. Evidentemente, el general había caído en desgracia, por no decir que había sido expulsado. Blanche no quería mirarle, a pesar de que él se agitaba sin cesar en torno suyo. ¡Pobre general! Pálido, al instante rojo, tembloroso, ni siquiera seguía el juego de la abuela. Por fin, Blanche y el principito salieron. El general corrió tras ellos.

—*Madame, madame* —susurraba Des Grieux con voz melosa, en el mismo oído de la abuela—, *madame,* así no se pueden hacer posturas, no, no, no poder ser —dijo en mal ruso—, ¡no!

—Entonces ¿cómo? Enséñame —se dirigió la abuela al francés.

Des Grieux se puso a hablar rápidamente en francés; le daba consejos, se agitaba, le decía dónde había probabilidades, empezaba a hacer cálculos. La abuela no comprendía nada. El francés se dirigía incesantemente a mí, para que tradujera sus palabras; señalaba con el dedo la mesa, para explicarse. Por fin, cogió un lápiz y empezó a hacer números en un papel. Esto acabó con la paciencia de la abuela.

—Anda, vete, vete. No paras de decir sandeces. Mucho «*madame, madame*», y no sabes lo que te traes entre manos. Vete.

—*Mais, madame* —trinó Des Grieux, y empezaron de nuevo sus explicaciones y demostraciones. No podía contenerse.

—Anda, pon como te dice —me ordenó la abuela—. ¿Quién sabe? Quizá salga bien.

Des Grieux únicamente trataba de impedirle que jugara fuerte y le proponía hacer las posturas a cifras aisladas y en serie. Siguiendo sus instrucciones, puse un federico a cada uno de una serie de números impares en los doce primeros, y cinco federicos en los grupos de cifras de doce a dieciocho y de dieciocho a veinticuatro: en total, dieciséis federicos.

El platillo empezó a girar.

—*Zéro* —exclamó el *croupier*.

Habíamos perdido todo.

—¡Pedazo de bruto! —gritó la abuela, dirigiéndose a Des Grieux—. ¡Asqueroso franchute! ¡Tiene que aconse-

135

jarme, el muy animal! Anda, lárgate, lárgate. Si no entiendes nada, ¿para qué tienes que meter las narices?

Tremendamente ofendido, Des Grieux se encogió de hombros, lanzó una mirada de desprecio a la abuela y se apartó. Estaba avergonzado de haber intervenido, pero no había sabido contenerse. Pese a nuestros esfuerzos, al cabo de una hora habíamos perdido todo.

—¡A casa! —exclamó la abuela.

No pronunció una palabra hasta llegar al paseo. Aquí, ya cerca del hotel, no pudo contenerse por más tiempo y empezó a exclamar:

—¡Qué estúpida! ¡Qué estúpida! ¡Qué imbécil! ¡Una vieja chocha, eso es lo que soy!

Al llegar a sus habitaciones, ordenó:

—¡Que me sirvan el té! ¡Y que preparen todo! ¡Nos vamos!

—¿Adónde, señora? —dijo tímidamente Marfa.

—¿Y a ti qué te importa? Zapatero, a tus zapatos. Potápich, prepara las maletas, volveremos a casa, a Moscú. He tirado por la ventana ¡quince mil rublos!

—¡Quince mil, señora! ¡Dios mío de mi vida! —se atrevió a decir Potápich, y dio una palmada enternecido, creyendo con eso complacer a la anciana.

—Vamos, vamos, ¡tonto! ¡Lo que faltaba, se pone a llorar! ¡Calla! Prepara las cosas. ¡Rápido, rápido!

—El próximo tren sale a las nueve y media, abuela —le comuniqué para calmar su furor.

—¿Y qué hora es?

—Son las siete y media.

—¡Qué fastidio! ¡Es igual! Alexéi Ivánovich, me he quedado sin blanca. Ten estos títulos y cámbialos. No tengo dinero para el viaje.

Salí. Al volver, media hora más tarde, encontré a todos en las habitaciones de la abuela. La noticia de su marcha a Moscú les había sorprendido, al parecer, todavía más que sus pérdidas en el juego. Y, aun admitiendo que, marchándose, salvara su fortuna, ¿qué iba a ser del general? ¿Quién iba a pagar a Des Grieux? Mademoiselle Blanche, desde luego, no esperaría a que muriera la abuela y, probablemente, se iría con el principito o con otro cualquiera. Estaban allí, ante ella, tratando de consolarla y convencerla. Polina continuaba sin aparecer.

La abuela, frenética, les increpaba:

—¡Dejadme en paz, diablos! ¿Qué os importa a vosotros? Y ese barba de chivo, ¿por qué tiene que meterse en mis cosas? —gritaba a Des Grieux—. Y tú, pesada, ¿qué quieres de mí? —se dirigió a mademoiselle Blanche—. ¿Qué se te ha perdido aquí?

—¡Diantre! —murmuró mademoiselle Blanche, lanzando una mirada furiosa; pero, de pronto, soltó una carcajada y salió de la habitación.

—*Elle vivra cent ans!*[3] —dijo, al salir, dirigiéndose al general.

—¿Y tú contabas con mi muerte? —gritó al general—. ¡Fuera de aquí! Échalos a todos, Alexéi Ivánovich. ¿Qué os importa a vosotros? He malgastado mis cuartos, y no los vuestros.

El general se encogió de hombros, se encorvó y salió. Des Grieux le siguió.

—¡Llama a Praskovia! —dijo la abuela a Marfa.

A los cinco minutos, Marfa volvía acompañada de Polina. Todo este tiempo Polina había permanecido en

[3] ¡Vivirá cien años!

su habitación con los niños, decidida, al parecer, a no salir en todo el día. Una expresión grave, triste y preocupada asomaba a su rostro.

—Praskovia —empezó la abuela—, dime, ¿es verdad que, como he oído decir por ahí, el imbécil de tu padrastro quiere casarse con esa estúpida veleta francesa, actriz o, quizá, algo peor? Dime, ¿es verdad?

—No lo sé con seguridad, abuela —respondió Polina—, pero, a juzgar por las palabras de mademoiselle Blanche, la cual no cree necesario disimular, deduzco...

—¡Basta! —le interrumpió enérgica la abuela—. ¡Comprendo perfectamente todo! Siempre había pensado que le iba a ocurrir una cosa así, pues le considero una persona vana y frívola. Se le ha subido a la cabeza el grado de general (un coronel ascendido al retirarse) y se pavonea por ahí. Yo, querida mía, lo sé todo, sé cómo mandáis telegrama tras telegrama: «¿Pronto va a estirar la pata esa vieja chocha?». Esperabais la herencia. Sin el dinero, esa infame de Cominges, o como se llame, no lo aceptaría ni como lacayo, con dentadura postiza, por si fuera poco. Dicen que ha hecho una fortuna prestando dinero a buen interés. Yo no te culpo de nada, Praskovia. No fuiste tú quien envió los telegramas. Tampoco quiero recordar lo pasado. Tienes un carácter... ¡una avispa! Cuando picas, levantas ampollas... Pero me das lástima; quería a tu madre, la difunta Katerina. Si quieres, deja todo esto y vente conmigo. No tienes dónde ir, y vivir con ellos es una indecencia. Espera —dijo la abuela, al advertir que Polina iba a hablar—, todavía no he terminado. No te exigiré nada. Ya sabes, mi casa de Moscú es todo un palacio; puedes tener un piso entero para ti y estar semanas enteras sin verme, si mi carácter te desagrada. Aceptas, ¿sí o no?

—Ante todo, permítame preguntarle: ¿está decidida a marcharse ahora mismo?

—¿Crees que bromeo? Si he dicho que me voy, es que me voy. He dado al traste con quince mil rublos en vuestra mil veces maldita ruleta. Hace cinco años, hice la promesa de reconstruir en piedra la iglesia de madera de mi finca de las afueras de Moscú, y ya ves, en lugar de eso, he despilfarrado el dinero aquí. Me voy, querida, a construir la iglesia.

—¿Y las aguas, abuela? Había venido a tomar las aguas.

—Déjame en paz con tus aguas. No me irrites, Praskovia. Ni que lo hicieras a propósito. Dilo de una vez, ¿vienes, o no?

—Le estoy sinceramente agradecida, abuela —dijo Polina, emocionada—, por el refugio que me ofrece. En parte, ha adivinado usted mi situación. Le estoy tan reconocida que, créame, me iré con usted y, quizá, muy pronto. Pero existen razones... importantes... y ahora, en este mismo instante, no puedo decidirme. Si esperase usted un par de semanas...

—Luego, ¿no quieres?

—Luego, no puedo. Además, no puedo en modo alguno abandonar a mis hermanos, y como... y como... y como, en efecto, pueden encontrarse abandonados, si... si usted me recoge con los niños, abuela, yo me voy con usted y, créame, ¡sabré agradecérselo! —dijo emocionada—, pero sin los niños no puedo.

—¡Bueno, no lloriquees! —Polina no pensaba lloriquear; ella nunca lloraba—. También habrá sitio para los polluelos. El gallinero es grande. Además, ya es hora de que vayan al colegio. ¿Te vienes? Ten cuidado, Praskovia.

Yo te quiero bien, y sé por qué no vienes. Ese francés te va a perder.

Polina se puso roja como la grana. Yo me estremecí. (Todos lo sabían: únicamente yo lo ignoraba).

—Bueno, bueno, no frunzas el ceño. No voy a insistir más. Pero ten cuidado, que no te pase nada. Basta ya, no debería preocuparme de vosotros. Vete. Adiós.

—La acompañaré, abuela —dijo Polina.

—No hace falta. Y no me molestes más. Estoy hasta la coronilla de todos vosotros.

Polina besó la mano de la abuela, pero esta retiró la mano y la besó en la mejilla.

Al pasar junto a mí, Polina me lanzó una rápida mirada e inmediatamente volvió la vista.

—Bueno, te digo adiós a ti también, Alexéi Ivánovich. Falta una hora para que salga el tren. Además, estarás harto de mí, me imagino. Ten, cincuenta federicos de oro.

—Se lo agradezco, abuela, pero no me atrevo...

—Bueno, bueno —exclamó la abuela, pero en un tono tan enérgico y amenazante que no osé rechazarlo y acepté el dinero.

—Si en Moscú te encuentras sin empleo, ven a verme, te daré una recomendación. Anda, lárgate.

Subí a mi habitación y me acosté. Estuve una media hora tumbado de espaldas, las manos cruzadas bajo la nuca. La catástrofe había sobrevenido. Tenía suficientes cosas en que reflexionar. Decidí que al día siguiente hablaría en serio con Polina. ¿Y el francés? Luego, era verdad. Pero ¿qué podía haber entre ellos? ¡Polina y Des Grieux! Dios mío, ¡qué comparación!

Todo aquello era inverosímil. Salté de la cama para ir

a buscar al señor Astley y obligarle, costara lo que costase, a hablar. También de esto debía saber más que yo. ¡Señor Astley! Otro enigma para mí.

Alguien llamó a la puerta. Era Potápich.

—Alexéi Ivánovich, le llama la señora.

—¿Qué pasa? ¿Ya se va? Faltan todavía veinte minutos para coger el tren.

—Está preocupada, señor. No puede permanecer quieta. «Rápido, rápido», es por usted. Por Dios, corra.

Bajé al instante, la abuela ya estaba en el pasillo. En las manos, la cartera.

—Alexéi Ivánovich, ve delante, vamos.

—¿Adónde, abuela?

—Me ahorco si no me desquito. Vamos, sin replicar. Se juega hasta medianoche, ¿no es así?

Quedé petrificado, reflexioné y al instante tomé una decisión.

—Como quiera, Antonida Vasílievna, pero yo no voy.

—¿Y por qué? ¿Qué novedades son estas? ¿Qué mosca os ha picado a todos?

—Como usted quiera. No deseo reprocharme nada después. ¡No lo deseo! No quiero ser ni partícipe ni testigo. Dispénseme, Antonida Vasílievna. Aquí tiene sus cincuenta federicos. Adiós.

Puse el paquete con el dinero sobre una mesa que estaba junto al sillón de la abuela, la saludé y salí.

—¡Qué tonterías! —me gritó—. No te necesito, ya encontraré el camino sola. ¡Potápich, acompáñame! Levantad el sillón. Llevadme.

No pude dar con el señor Astley, y regresé al hotel. Muy tarde, pasadas las doce, me enteré por Potápich de cómo había terminado el día la abuela. Había perdido todo lo que yo le había cambiado, es decir, otros diez mil rublos en moneda rusa. Se le había pegado aquel polaco al que había dado por la tarde dos federicos, quien dirigió sus posturas. Al principio, recurrió a Potápich, pero pronto prescindió de él. En ese momento apareció el polaco. Dio la casualidad de que comprendía el ruso y hasta chapurreaba una mezcla de tres idiomas, así que fácilmente pudieron entenderse. La abuela no dejó un instante de insultarle, y aunque este no cesaba un momento de «ponerse a los pies de la *pani*[4] —me contaba Potápich—, no tiene comparación con usted. Con usted está *como con un señor*, mientras que ese (lo he visto con mis propios ojos, que me caiga muerto si miento) robaba en sus propias narices. Ella misma le sorprendió un par de veces, y hasta le reprendió con unas palabras, señor..., llegó a tirarle de los pelos, se lo juro, todos se echaron a reír. Lo ha perdido todo, todito, todo lo que usted le cambió. La hemos traído, ha pedido un poco de agua, se ha santiguado, y a la cama. Debía de estar muy cansada; se ha dormido enseguida. ¡Que Dios le envíe buenos sueños! ¡Maldito extranjero! —concluyó Potápich—, ya decía yo que nada bueno iba a salir. ¡A ver si nos vamos cuanto antes a Moscú! ¿Acaso no tenemos allí una casa? ¡Con aquel jardín, y aquellas flores, como aquí no las hay, y aquel aire, y los manzanos, y tanto espacio...! Pues no, ¡había que venir al extranjero! ¡Oh, Dios mío!».

[4] Señora. (Polaco).

XIII

Ha transcurrido casi un mes sin que volviera a tocar estas notas, empezadas bajo la influencia de impresiones fuertes, aunque desordenadas. La catástrofe, cuya inminencia presentía, ha sobrevenido en efecto, pero cien veces más brusca e inesperada de lo que yo pensaba. Todo aquello era extraño, repugnante y hasta trágico, al menos para mí. Me ocurrieron cosas casi milagrosas —a mí personalmente siguen pareciéndomelo—, aunque a otro, sobre todo tomando en consideración el torbellino que me arrastraba, puedan parecerle simplemente poco comunes. Pero lo más milagroso para mí es mi propia actitud hacia aquellos acontecimientos. ¡Todavía no puedo comprenderlo! Y todo se desvaneció como un sueño, hasta mi pasión, a pesar de ser fuerte y auténtica, pero... ¿qué se ha hecho de ella? Confieso que, a veces, una idea acude a mi mente: «¿No me habría vuelto loco entonces y no habré pasado todo este tiempo en un manicomio y, quizá, siga en él, y todo esto sea y continúe siendo nada más que una ficción?».

He reunido y releído mis apuntes (¿quién sabe?, quizá lo haya hecho para convencerme de que no los he escrito en un manicomio). Estoy completamente solo. Ha llegado el otoño; las hojas de los árboles amarillecen.

Sigo metido en esta triste y aburrida ciudad (¡qué tristes y aburridas son las pequeñas ciudades alemanas!), y, en lugar de reflexionar sobre el futuro, vivo bajo el influjo de sensaciones todavía frescas, de recuerdos recientes, de todo ese torbellino, tan próximo aún, que me arrastró a la vorágine para después arrojarme fuera. Hay momentos en que sigo teniendo la impresión de estar todavía en medio de ese torbellino y de que, ahora mismo, va a desencadenarse una tormenta, va a arrebatarme bajo sus olas, y de nuevo me hallaré expulsado del orden y del sentido de la medida y empezaré a girar, girar, girar... O tal vez consiga detenerme y dejar de girar si trato de recapitular con exactitud todo lo ocurrido durante este mes. Vuelvo a sentir deseos de coger la pluma; además, a menudo tengo las tardes completamente desocupadas. ¡Cosa extraña! Para llenar el tiempo, suelo acudir a la miserable biblioteca local y cojo las novelas de Paul de Kock (¡en versión alemana!), que no puedo soportar, pero las leo y me asombro de mí mismo; se diría que temo que un libro o una ocupación serios rompan el encanto de las sensaciones recientemente vividas. Como si ese abominable sueño y todas las impresiones que ha dejado me fueran tan gratos que yo temiera hasta el más leve contacto con cualquier cosa nueva, para que no se disipen como el humo. ¿Tanto valor tiene para mí? Sí, y tal vez dentro de cuarenta años siga recordándolo.

Así pues, vuelvo a mis notas. Aunque ahora puedo ser más breve. Las impresiones ya no son tan fuertes...

Pero terminaré, primero, relatando lo que pasó con la abuela. Al día siguiente, acabó de perderlo todo definitivamente. Era lo que tenía que ocurrir: cuando una persona como ella se mete por ese camino, desciende

144

cada vez a mayor velocidad, como si se deslizara en un pequeño trineo por una pendiente nevada. Estuvo jugando todo el día, hasta las ocho de la tarde. Yo no lo presencié, y lo sé por lo que me contaron.

Potápich no se apartó de ella ni un instante. Varias veces se cambiaron los polacos que dirigían su juego. Empezó por echar al de la víspera, al que había tirado de los pelos, y aceptó los servicios de otro que resultó casi peor. Después de echar a este y recurrir de nuevo al primero, que no se había ido y permaneció durante todo el tiempo de su desgracia detrás del sillón, sacando la cabeza incesantemente por encima de su hombro, la abuela cayó en un estado de profunda desesperación. El segundo polaco expulsado tampoco quería irse: uno se colocó a su derecha y el otro a su izquierda. Los dos estuvieron peleándose y discutiendo a causa de las posturas y de la marcha del juego. Se llamaban uno a otro *lajdok*[1] y otras delicadezas por el estilo en polaco, tras lo cual hacían las paces, apostaban sin ningún método, tomaban decisiones absurdas. Cuando estaban reñidos, cada uno hacía las posturas por su cuenta; uno, por ejemplo, al rojo, y el otro, allí mismo, al negro. Acabaron por conseguir que la abuela perdiera del todo la cabeza y casi con lágrimas en los ojos suplicara a un *croupier* anciano que la defendiera y echara a los polacos. En efecto, así lo hicieron, pese a sus gritos y sus protestas: los dos vociferaban a la vez, tratando de demostrar que la abuela todavía les debía algo, que les había engañado y que se había comportado con ellos de una forma poco honesta, ruin. Aquella misma tarde el infeliz Potápich me contaba, llorando, todo

[1] Hijo de perra. (Polaco).

esto y se lamentaba de que los polacos se hubiesen llenado los bolsillos; que él mismo con sus propios ojos había podido ver cómo robaban descaradamente, guardándose el dinero en los bolsillos. Le pedía uno de ellos, por ejemplo, a la abuela cinco federicos por sus servicios y los ponía a la ruleta, junto a las posturas de la abuela. La abuela ganaba, y entonces el polaco empezaba a gritar que el dinero era suyo, que él había ganado y la abuela había perdido. Cuando los expulsaron, Potápich los denunció y dijo que llevaban los bolsillos repletos de oro. La abuela pidió inmediatamente al *croupier* que tomara medidas pertinentes, y a pesar de los gritos de los polacos —parecían dos gallos atrapados— apareció la policía y les vació los bolsillos a favor de la abuela. Hasta que lo perdió todo, la abuela gozó durante todo el día de un evidente prestigio a los ojos de los *croupiers* y de la dirección del casino. Poco a poco, la fama se extendió por la ciudad. Todos los visitantes del balneario, tanto los más vulgares como los más ilustres, de diversos países, corrían a ver a la *vieille comtesse russe, tombée en enfance*, que ya había perdido «varios millones».

Pero la abuela poco salió ganando, muy poco, con librarla de los polacos. En su lugar apareció al instante un tercer polaco, que hablaba correctamente el ruso, vestido como un caballero —aunque con cierto aire de lacayo—, enormes bigotes y mucho orgullo. Este también estaba dispuesto a «besar los pies de la *pani*» y «ponerse a los pies de la *pani*», pero a los demás los trataba de forma agresiva, daba órdenes en tono despótico... En una palabra, se comportaba con la abuela no como un criado, sino como el señor. Constantemente, a cada jugada, se dirigía a la abuela y le aseguraba, con terribles juramentos, que era un *pan* muy orgulloso y que no aceptaría ni un céntimo de ella. Repitió tantas veces sus juramentos que la abuela acabó por temerle. Pero, como el *pan* al principio pareció corregir el juego y empezó a ganar, la abuela ya no pudo prescindir de él. Una hora más tarde aparecían tras el sillón de la abuela los dos polacos expulsados para ofrecerle sus servicios, aunque fuera de recaderos. Potápich juraba que el «*pan* orgulloso» había cambiado miradas con ellos y hasta había llegado a darles algo. Como la abuela no había comido, casi no se había movido del sillón, uno de los polacos le fue, en efecto, útil. Corrió al comedor del casino y le trajo una taza de caldo y, más tarde, té. La verdad es que los dos polacos corrieron a hacerle recados. Al final de la jornada, cuando todo el mundo se dio cuenta de que la abuela perdía su último billete de banco, tras su sillón había ya seis polacos, nunca vistos ni oídos. Y cuando la abuela perdió sus últimas monedas, no solamente no le hicieron caso, sino que ni siquiera parecían advertir su existencia, se inclinaban por encima de su hombro para alcanzar la mesa. Cogían ellos mismos el dinero, daban órdenes, hacían posturas y gritaban; hablaban familiarmente con el «orgulloso caballero», mientras que este parecía haberse olvidado de la abuela. Incluso cuando la anciana, después de perderlo todo, volvía al hotel a las ocho de la noche, todavía trotaban a su alrededor tres o cuatro polacos, que no se decidían a abandonarla, hablando a voz en grito y asegurando precipitadamente que la abuela les había embaucado y les debía dinero. Y así hasta llegar al hotel, donde, finalmente, los echaron a empujones.

Según los cálculos de Potápich, la abuela perdió aquella tarde hasta noventa mil rublos, sin contar el dinero perdido la víspera. Todos los títulos al cinco por ciento, obligaciones de los empréstitos del Estado, acciones que se había traído, todo lo había cambiado, uno tras otro. Me sorprendió que hubiera podido aguantar siete u ocho horas sentada en un sillón, casi sin apartarse, pero Potápich me explicó que dos o tres veces había empezado a ganar grandes cantidades, y que, arrastrada de nuevo por la esperanza, no podía apartarse. Por lo demás, los jugadores saben que un hombre puede pasarse veinticuatro horas sin moverse de su sitio, las cartas en las manos, los ojos fijos en ellas.

Por otra parte, también en el hotel se registraron aquel día acontecimientos decisivos. Ya por la mañana, antes de las once, mientras la abuela estaba todavía en el hotel, el general y Des Grieux decidieron intentar un último paso. Al enterarse de que la abuela no pensaba marcharse y de que, por el contrario, se dirigía al casino, todo el cónclave —excepto Polina— decidió hablar con ella definitivamente e, incluso, con *franqueza*. El general, más muerto que vivo debido a las terribles consecuencias que para él se avecinaban, hasta se pasó de la raya: tras media hora de ruegos y súplicas, y después de haberlo reconocido todo, es decir, de haber confesado sus deudas y su pasión por mademoiselle Blanche —había perdido del todo la cabeza—, adoptó de pronto un tono amenazador y se puso a gritar y a dar patadas en el suelo; decía que la abuela estaba cubriendo de oprobio el apellido de la familia, que se había convertido en un motivo de escándalo para toda la ciudad, y que además..., además...

—¡Usted está mancillando el nombre de Rusia, señora! —gritaba el general—. Y para eso está la policía.

La abuela, por fin, lo echó a palos, en el sentido literal de la palabra. El general y Des Grieux estuvieron deliberando aquella mañana un par de veces más, estudiando las posibilidades de recurrir a la policía. Decirle a esta que la desgraciada, aunque respetable, anciana había perdido la razón y estaba perdiendo a la ruleta sus últimos recursos monetarios, etc. En una palabra: ¿habría la posibilidad de conseguir alguna forma de vigilarla o de prohibirle el juego? Pero Des Grieux solo se encogía de hombros y se reía en las propias narices del general, que, completamente perdido, se paseaba de un lado a otro del gabinete. Finalmente, Des Grieux hizo con la mano un gesto de impotencia y desapareció. Por la noche se supo que había abandonado el hotel, tras decisivas y misteriosas conversaciones con mademoiselle Blanche. Por lo que a esta respecta, ya desde por la mañana había tomado medidas definitivas: había expulsado del todo al general y no estaba dispuesta a tolerar su presencia. Cuando el general corrió tras ella al casino y la encontró del brazo del principito, ni ella ni madame *veuve* Cominges le reconocieron. El principito tampoco le saludó. La francesa se había pasado el día sondeando y trabajando al príncipe. Aquella misma tarde sobrevino la pequeña catástrofe. Se descubrió de pronto que el príncipe no tenía donde caerse muerto y que incluso contaba con ella para pedirle dinero prestado a cambio de un pagaré y de este modo poder jugar a la ruleta. Blanche, indignada, lo echó y se encerró en su habitación.

Esa misma mañana había ido yo a casa del señor Astley, o, mejor dicho, había estado buscándole en vano toda la mañana. No estaba ni en casa, ni en el casino, ni en el parque. Tampoco comió en el hotel. Pasadas ya las cuatro, le vi de pronto que se dirigía de la estación al hôtel d'Angleterre. Llevaba prisas y tenía aire preocupado, aunque es difícil adivinar en su rostro la preocupación o cualquier clase de desconcierto. Me extendió, cordial, la mano, con su habitual exclamación: «¡Ah!», aunque no se paró y continuó presuroso su camino. Me uní a él, pero supo contestar a mis preguntas de tal forma que, en realidad, no le sonsaqué nada. Además, toda referencia a Polina me causaba desazón. Por su parte, el inglés tampoco la mencionó. Le conté lo ocurrido a la abuela; lo escuchó atento y serio, y se encogió de hombros.

—Se va a arruinar —observé.

—Desde luego —contestó—, esta mañana, cuando yo me marchaba, ella ya se iba a jugar. Si tengo tiempo, me pasaré por el casino a verla, tiene que ser divertido...

—¿Adónde ha ido usted? —pregunté, sorprendido de no habérselo preguntado antes.

—A Frankfurt.

—¿Negocios?

—Sí, negocios.

¿Para qué seguir preguntándole? De todos modos, le acompañé un trecho más, hasta que de pronto se dirigió al hotel Des quatre saisons,[2] me saludó con la cabeza y desapareció. Camino del hotel, iba ya adquiriendo la certidumbre de que, aunque hubiera estado con él dos horas, de nada me habría enterado, porque... nada tenía que preguntar. Sí, así era. Ni siquiera ahora podría yo formular mi pregunta.

Polina pasó el día, en parte, con los niños y la nodriza en el parque; en parte, encerrada en casa. Hacía tiem-

---

[2] De las cuatro estaciones del año.

po que evitaba al general y casi no hablaba con él, por lo menos de cosas serias. Yo ya lo había observado. Pero, conociendo la situación del general, pensé que Polina no podría rehuirle y que entre ellos era inevitable una explicación familiar. Sin embargo, cuando volvía al hotel, tras la conversación con el inglés, me encontré a Polina con los niños; su rostro estaba sereno e imperturbable, como si los tormentos familiares no fueran con ella. Contestó a mi saludo con un gesto de cabeza. Llegué a mi cuarto hecho un basilisco.

Por supuesto, yo evitaba hablar con ella, y no me había acercado a ella ni una sola vez desde el incidente con los Wurmerhelm. En parte, lo hacía por presunción y puntillo, pero a medida que transcurría el tiempo una auténtica indignación bullía en mi interior. Aunque no me quisiera lo más mínimo, ello no le autorizaba, a mi juicio, a pisotear de aquel modo mis sentimientos ni a despreciar así mis confesiones. Ella sabía que yo la amaba de verdad. Ella misma había tolerado y permitido que yo se lo dijera. Lo cierto es que todo había empezado de la forma más extraña. Hace algún tiempo, un par de meses que a mí se me antojan muy lejanos, empecé a observar que Polina deseaba hacerme amigo suyo, confidente, y que, hasta cierto punto incluso, lo exigía. Pero, no sé por qué, aquello no cuajó. En su lugar, han quedado esas extrañas relaciones que nos unen. Mas, si mi amor le repugna, ¿por qué no me prohíbe directamente hablarle?

Y no lo hacía. Incluso a veces provocaba la conversación... naturalmente, para burlarse de mí. Yo tenía la seguridad —lo había observado con toda certeza— de que a Polina le agradaba escucharme y después exasperarme hasta hacerme sufrir y dejarme de pronto estupefacto con una señal de desprecio y de indiferencia. Y, sin embargo, Polina sabía que yo no podía vivir sin ella. Tres días habían transcurrido desde el escándalo con el barón, y nuestra *separación* ya se me hacía insoportable. Al encontrarla junto al casino, el corazón se me puso a latir con tal violencia que palidecí. ¡Tampoco ella podía pasar sin mí! Me necesitaba. ¿Acaso me necesitaba solamente como a una especie de bufón?

Tenía un secreto, ¡no había duda! La conversación con la abuela me había herido profundamente. Miles de veces la había invitado a ser franca conmigo. Y ella sabía que yo estaba dispuesto a dar mi cabeza por ella. Pero siempre se libraba de mí poco menos que con desdén y, en lugar del sacrificio de mi vida que yo le ofrecía, ¡me exigía cosas disparatadas, como la del otro día con el barón! ¿No era esto para indignarse? ¿Es que el mundo se reducía para ella a ese desgraciado francés? ¿Y Astley? Aquí las cosas se hallaban para mí completamente incomprensibles, y, sin embargo, ¡Dios mío, cómo me atormentaban!

Al llegar a casa, presa de la furia, cogí la pluma y le escribí lo siguiente: «Polina Alexándrovna: Veo con toda claridad que ha llegado el desenlace, que también a usted la alcanzará. Se lo repito por última vez: ¿Necesita, o no, mi cabeza? Si le puedo ser útil *para lo que sea*, disponga de mí. Estoy casi siempre en mi habitación y no pienso marcharme. Si es preciso, escríbame o llámeme».

Sellé la carta y se la di al criado del piso, con órdenes expresas de entregarla en sus propias manos. No esperaba respuesta, pero a los tres minutos apareció el lacayo con la orden «de transmitirme sus saludos».

Ya pasadas las seis, me llamaron de parte del general.

Se encontraba en el gabinete, vestido como si fuera a salir. El sombrero y el bastón estaban sobre el diván. Al entrar, me pareció que se hallaba en medio de la habitación de pie, perniabierto, cabizbajo, hablando solo. Pero, en cuanto me vio, se precipitó hacia mí casi gritando; yo retrocedí casi instintivamente y sentí deseos de echar a correr. Pero el general me cogió ambas manos y me atrajo hacia el diván. Me sentó en una butaca frente a él y, sin soltarme las manos, los labios temblorosos, con lágrimas en los ojos, me dijo en tono suplicante:

—¡Alexéi Ivánovich, sálveme, sálveme, tenga piedad de mí!

Tardé mucho en comprender. Hablaba y hablaba sin cesar y no dejaba de repetir: «¡Tenga piedad de mí, tenga piedad de mí!». Por fin, comprendí que estaba esperando de mí algo así como un consejo, o, mejor dicho, abandonado por todos, angustiado y alarmado, se acordó de mí y me llamó solo para poder hablar, hablar, hablar.

Había perdido el juicio o, por lo menos, estaba extremadamente trastornado. Juntaba las manos con gesto de súplica y estaba dispuesto a ponerse de rodillas ante mí para —¿lo adivinan?— pedirme que fuera inmediatamente a ver a mademoiselle Blanche y le implorara, le exhortara a volver con él, a casarse con él.

—Pero, general —exclamé—, ¡si probablemente mademoiselle Blanche ni siquiera haya advertido mi existencia! ¿Qué puedo hacer yo?

Era inútil objetar algo. No comprendía lo que le decían. Habló igualmente de la abuela, pero todo sin ilación alguna; aún seguía insistiendo en que se fuera a buscar a la policía.

—En nuestro país, en nuestro país —decía de pronto en un arranque de indignación—, en una palabra, en un Estado bien organizado, donde hay autoridades, a una vieja así la pondrían inmediatamente bajo tutela. ¡Sí, señor mío, bajo tutela! —Caía de súbito en un tono reprobatorio, saltando de su sitio y paseando por la habitación—. Usted, señor mío, ignoraba estas circunstancias —se dirigió a un «señor mío» imaginario, en un rincón—; sepa, pues, sí, señor... A las viejas de esta clase es preciso meterlas en varas, en varas, sí, señor... ¡Maldita sea!

Se dejó caer sobre el diván, y al minuto, casi llorando, ahogándose, me contó precipitadamente que mademoiselle Blanche no quería casarse con él porque en lugar del telegrama había llegado la abuela y era evidente que ya no recibiría la herencia. Él creía que yo ignoraba todo aquello. Quise hablarle de Des Grieux, pero me detuvo con un gesto:

—¡Se ha ido! Le tengo empeñados todos mis bienes; estoy a la cuarta pregunta. Del dinero que usted trajo... de aquel dinero, setecientos francos, y nada más, nada más, eso es todo. ¡No sé, ahora no sé...!

—¿Cómo va usted a pagar la cuenta del hotel? —exclamé asustado—. Y... después, ¿qué va a hacer?

Me miró pensativo, pero creo que no había comprendido nada, quizá ni siquiera me había oído. Traté de hablarle de Polina Alexándrovna, de los niños, pero a todo me contestaba: «¡Sí, sí!», e inmediatamente volvía a hablar del príncipe, que este se iría con Blanche, y entonces... «y entonces ¿qué voy a hacer, Alexéi Ivánovich? —se dirigía de pronto a mí—. ¿Qué voy a hacer? Dígame: ¿acaso no es una ingratitud?, ¿no es una ingratitud?».

Por último, se echó a llorar a lágrima viva.

No había nada que hacer con un hombre así. Pero dejarlo solo era igualmente peligroso; podía ocurrirle cualquier cosa. De todos modos, me libré de él como pude, pero le dejé encargado al aya que fuera de vez en cuando a verle. Además, hablé con el lacayo del piso, un hombre muy sensato, quien, por su parte, me prometió vigilarlo.

Apenas había dejado al general, cuando entró en mi habitación Potápich, para decirme que la abuela quería verme. Eran las ocho de la tarde; acababa de volver del casino, tras haber perdido hasta el último céntimo. Me dirigí a sus habitaciones. La anciana estaba sentada en su sillón, completamente agotada y, al parecer, enferma. Marfa le había servido una taza de té y se la estaba haciendo tomar casi a la fuerza. La voz y el tono de la abuela ya no eran los mismos.

—Buenas noches, Alexéi Ivánovich —me dijo con una lenta y ceremoniosa inclinación de la cabeza—. Disculpa que te haya molestado de nuevo, tú sabrás perdonar a una anciana. He dejado allí, amigo, todo lo que poseía, casi cien mil rublos. Tenías toda la razón cuando ayer te negaste a acompañarme. Estoy sin blanca, no tengo ni un céntimo. No quiero demorar mi marcha, y saldré a las nueve y media. He mandado a buscar a tu inglés, Astley, o como se llame; quiero pedirle tres mil francos por una semana. Quiero que le convenzas, no sea que piense que no voy a devolvérselos y me los niegue. Todavía soy rica. Tengo tres aldeas y dos casas. Y dinero también podré encontrar, no me lo he traído todo. Digo esto para que se decida. Aquí está. Se ve enseguida que es una buena persona.

El señor Astley accedió a la primera llamada de la abuela. Sin pensarlo un instante y sin gastar demasiadas palabras, le dio tres mil francos a cambio de un pagaré que la abuela firmó. Una vez terminado el asunto, saludó y se fue.

—Ahora, vete tú, Alexéi Ivánovich. Me queda un poco más de una hora; quiero acostarme, me duelen todos los huesos. Sé indulgente conmigo, soy una vieja tonta. Ahora ya no acusaré de frivolidad a los jóvenes, ni a ese pobre desgraciado, al general, tampoco; sería injusto. De todos modos, no pienso darle dinero porque, a mi juicio, es tonto perdido, aunque yo, vieja estúpida, no sea más inteligente que él. Está visto que el Señor también sabe encontrar en los viejos el orgullo y castigarlo. Bueno, adiós. Marfushka, levántame.

No obstante, yo deseaba acompañar a la abuela. Además, me encontraba en un estado de ánimo en que me parecía que de un momento a otro algo iba a ocurrir. No podía permanecer quieto en mi habitación. Salía al pasillo, incluso di una vuelta, para animarme, por el paseo. Mi carta a Polina era clara y resuelta, y la catástrofe actual, sin duda alguna, definitiva. Había oído hablar en el hotel de la marcha de Des Grieux. Finalmente, quizá me rechazara como amigo, pero no como criado. ¡Tenía que necesitarme, aunque fuera para hacer recados, no podía ser de otro modo!

A la hora en que el tren partía me acerqué a la estación y ayudé a la abuela. Tomaron plaza en un vagón especial destinado a familias.

—Gracias, querido, por tu ayuda desinteresada —dijo al despedirse—, y repite a Polina lo que le dije ayer. La esperaré.

Me dirigí a casa. Al pasar junto a las habitaciones del general, encontré al aya y le pregunté por este.

156

—Sigue igual —contestó tristemente.

Entré, por si acaso, pero en el umbral me detuve asombrado. Mademoiselle Blanche y el general, juntos, reían a carcajadas. La *veuve* Cominges se hallaba sentada en el diván. Al parecer, el general estaba loco de alegría y reía con una risa nerviosa y prolongada que llenaba su rostro de una infinidad de arrugas, tras las que desaparecían sus ojos. Más tarde supe por la propia mademoiselle Blanche que, después de expulsar al príncipe y al enterarse de la desesperación del general, decidió hacerle una visita para consolarle. Pero el desdichado general ignoraba que su suerte ya estaba echada, que Blanche tenía ya preparadas las maletas para marcharse a París al día siguiente en el primer tren de la mañana.

Estuve unos instantes en el umbral del gabinete, pero decidí no entrar y me fui sin ser advertido. Al subir a mi habitación y abrir la puerta, distinguí, de pronto, en la semioscuridad, la silueta de una persona sentada en una silla, en un rincón junto a la ventana. No se movió al entrar yo. Me acerqué rápidamente, miré... Se me cortó la respiración: era Polina.

XIV

Solté una exclamación.

—¿Qué pasa, qué pasa? —me preguntó en tono extraño. Estaba pálida y sombría.

—¿Cómo que qué pasa? ¿Usted, aquí, en mi habitación?

—Si vengo, vengo *toda*. Es mi costumbre. Ahora lo verá, encienda una vela.

Encendí la vela. Polina se levantó, se acercó a la mesa y dejó una carta abierta delante de mí.

—Lea —me ordenó.

—¡Es la letra de Des Grieux! —exclamé, cogiendo la carta.

Las manos me temblaban y las líneas bailaban ante mis ojos. No recuerdo las expresiones exactas en que estaba redactada la carta, pero aquí está, si no palabra por palabra, sí idea por idea.

«Mademoiselle —escribía Des Grieux—: Circunstancias desfavorables me obligan a marcharme al instante. Usted misma habrá advertido que he evitado deliberadamente una explicación definitiva con usted hasta que se aclarara todo. La llegada de la anciana (*de la vieille dame*) pariente suya y su absurdo proceder han terminado con todas mis dudas. El estado en que se encuentran mis negocios me impide seguir concibiendo las dulces esperanzas que permití alimentar durante algún tiempo. Lamento lo pasado, pero espero que usted no haya encontrado en mi conducta nada indigno de un caballero y de un hombre honesto (*gentilhomme et honnête homme*). Al haber perdido casi toda mi fortuna en pagar las deudas del padrastro de usted, me he visto en la extrema necesidad de recurrir a la única salida que me quedaba: ya he hecho saber a mis amigos de Petersburgo que procedan inmediatamente a la venta de los bienes hipotecados a favor mío; no obstante, conociendo el hecho de que su frívolo padrastro había malgastado el dinero de usted, he decidido perdonarle cincuenta mil francos y le he devuelto letras de préstamo de sus bienes hipotecados por el valor de esta cantidad. De este modo, puede usted recuperar todo lo que tenía perdido exigiéndole la finca por vía judicial. Espero, mademoiselle, que, dada su actual situación, mi proceder sea para usted provechoso. Asimismo, espero haber cumplido plenamente con este acto mi deber de hombre de honor, noble y generoso. Tenga la seguridad de que el recuerdo de usted ha quedado grabado para siempre en mi corazón».

—Bueno, está bien claro —dije a Polina—. ¿Acaso esperaba usted otra cosa? —añadí indignado.

—Yo no esperaba nada —contestó, aparentemente serena, aunque creí advertir una especie de temblor en su voz—. Hace tiempo que lo había decidido; leía en sus pensamientos, sabía cómo pensaba. Él creía que yo buscaba..., que yo iba a insistir... —Se detuvo y, sin terminar la frase, se mordió el labio y se calló—. Redoblé mi desprecio hacia él con toda intención —prosiguió al rato—, quería ver lo que iba a hacer él. Si hubiera llegado el telegrama de la herencia, le habría arrojado a la cara el dinero que le daba ese idiota (mi padrastro) y lo habría echado. Hace tiempo, mucho tiempo que le odio. Antes era otro hombre, mil veces mejor, y ahora, ¡ahora! ¡Con qué placer le arrojaría a su vil cara esos cincuenta mil francos, le escupiría y... frotaría por toda su cara el escupitajo!

—Pero ese papel, esa letra de préstamo que ha devuelto por valor de cincuenta mil francos ¿estará en poder del general? Cójalo y devuélvaselo a Des Grieux.

—No es eso, no es eso...

—Tiene usted razón, no se trata de eso. Además, ¿de qué sirve ahora el general? ¿Y si recurriera a la abuela? —exclamé de repente.

Polina me miró con aire distraído e impaciente.

—¿Para qué la abuela? —dijo molesta—. No puedo volver con ella... Ni tampoco deseo pedirle perdón —añadió en tono irritado.

—¿Qué hacer? —exclamé—. Pero ¿cómo, cómo pudo usted amar a Des Grieux? ¡El muy canalla! ¿Quiere usted que le mate en un duelo? ¿Dónde está?

—Está en Frankfurt y pasará allí tres días.

—¡Basta una palabra suya y mañana mismo me voy en el primer tren! —dije con una absurda exaltación.

Se echó a reír.

—¿Quién sabe? Quizás aún diría él: primero, devuélvame los cincuenta mil francos. Además, ¿por qué iba a batirse...? ¡Valiente estupidez!

—Entonces ¿dónde, dónde se pueden coger esos cincuenta mil francos? —repetía yo rechinando los dientes, como si fuera cuestión de agacharse y recogerlos del suelo—. Escuche: ¿y el señor Astley? —le pregunté, mientras empezaba a concebir una extraña idea.

Los ojos le relampaguearon.

—Entonces ¿*tú mismo* me propones que te deje y me vaya con el inglés? —me preguntó, dirigiéndome su mirada fija y penetrante, y con una sonrisa amarga. Por primera vez en la vida me hablaba de tú.

Debió de sentirse mareada de emoción, y se sentó inesperadamente en el diván, con gesto fatigado.

Fue como si un rayo me hubiera cegado. Estaba allí, de pie, y no podía dar crédito a mis ojos ni a mis oídos. ¡Así pues, me amaba a mí! ¡Había acudido *a mí*, no al señor Astley! ¡Ella, una joven, había venido a verme sola, a una habitación del hotel, comprometiéndose públicamente, y yo, yo estaba allí, plantado ante ella, sin comprenderla!

Una idea absurda cruzó por mi mente.

—¡Polina, concédeme una sola hora! ¡Espérame aquí mismo y... volveré! Es... es necesario. ¡Lo verás! ¡Quédate, quédate aquí!

Y salí corriendo de la habitación, sin responder a su mirada interrogante... Me gritó algo, pero no me volví.

Sí, a veces la idea más descabellada, la más imposible en apariencia, arraiga con tal fuerza en nuestro espíritu que uno acaba por aceptarla como algo realizable... Si esta idea va unida a un deseo apasionado y violento, entonces termina uno admitiéndola como algo fatal, necesario, predestinado, como algo que no puede dejar de ser y de ocurrir. Quizás haya en todo esto algo más, una mezcla de presentimientos, un esfuerzo extraordinario de la voluntad, una autointoxicación por la propia fantasía u otra cosa, no sé; pero aquella noche, que yo jamás podré olvidar, ocurrió el milagro. Y, aunque se explique perfectamente por la aritmética, para mí sigue siendo un milagro. ¿Y por qué había arraigado en mí aquella certidumbre con tanta fuerza y vigor y desde hacía tanto tiempo? Desde luego, porque había pensado en ella, repito, no como en una contingencia que podía realizarse entre otras —y, por lo tanto, podía no realizarse—, sino como en algo que no podía dejar de ocurrir.

Eran las diez y cuarto. Entré en el casino con una firme esperanza y al mismo tiempo con una emoción como jamás había experimentado. Todavía quedaba bastante gente en los salones, aunque menos que por la mañana.

A partir de las diez de la noche, junto a las mesas de juego no quedan más que los jugadores auténticos, desesperados, para los que en los balnearios no existe más que la ruleta, los que solo han venido por ella, y todo lo que ocurre a su alrededor les pasa casi inadvertido; los que no se interesan por otra cosa en toda la temporada y no hacen más que jugar desde la mañana hasta la noche, y continuarían jugando hasta el alba, si ello fuera posible. Cuando a medianoche cierran la ruleta, se marchan disgustados. Y cuando el *croupier* principal, antes de cerrar, cerca de las doce, anuncia: *«Les trois derniers coups, messieurs!»*, están a veces dispuestos a jugarse en esas tres últimas jugadas todo lo que llevan encima, y es precisamente a esas horas cuando más pierden. Me dirigí a la mesa donde la víspera había estado jugando la abuela. No había demasiado público, así que pude fácilmente ocupar allí un sitio, de pie. Justamente ante mí, en el tapete verde aparecía la palabra *«Passe»*.

Passe es una serie de cifras de diecinueve a treinta y seis. Mientras que la primera serie, de uno a dieciocho, se llama «*Manque*»; pero a mí ¿qué me podía importar? No había hecho ningún cálculo ni había oído en qué cifra había caído la última jugada; no me informé al principio, cosa que habría hecho todo jugador con un poco de sensatez. Saqué los únicos veinte federicos que me quedaban y los eché al *Passe*.

—*Vingt-deux!* —gritó el *croupier*.

Había ganado. Volví a ponerlo todo: lo que tenía al principio y lo ganado.

—*Trente et un!* —gritó el *croupier*.

¡De nuevo ganaba! Disponía por lo tanto de ochenta federicos. Coloqué los ochenta en las doce cifras medias (ganancia triple, pero con dos probabilidades contra una); el platillo empezó a girar y salió veinticuatro. Me dieron tres cartuchos de cincuenta federicos y diez monedas de oro; en total, contando con lo que tenía al entrar, doscientos federicos.

En un estado casi febril, puse todo aquel montón de dinero al rojo, y de pronto me di cuenta de lo que hacía. Fue aquella la única vez en toda la noche en que sentí cómo el pánico me helaba la sangre y hacía temblar mis manos y mis piernas. De repente, en un arranque de lucidez, adquirí conciencia, horrorizado, de lo que suponía para mí perder. ¡Estaba en juego toda mi vida!

—*Rouge!* —exclamó el *croupier*, y yo recobré el aliento; un hormigueo de fuego recorrió mi cuerpo.

Me pagaron en billetes de banco. ¡Disponía de cuatro mil florines y ochenta federicos! (Aún podía contar el dinero).

Recuerdo que después aposté dos mil florines a las cifras medias y perdí; puse el oro y ochenta federicos y volví a perder. Me sentí dominado por la cólera: cogí los últimos dos mil florines que me quedaban y los puse en las doce primeras cifras, sin más ni más, al azar, a la buena de Dios, sin calcular. Hubo un momento de espera en el que experimenté una sensación parecida a la de madame Blanchard[1] cuando en París descendía en globo.

—*Quatre!* —gritó el *croupier*.

Con la postura anterior, me hallaba de nuevo en posesión de seis mil florines. Yo miraba con ojos de triunfador y ya no temía nada, nada, y lancé al negro cuatro mil florines. Unas diez personas se apresuraron a seguir mi ejemplo. Los *croupiers* se miraron y cambiaron unas palabras. Todos hablaban y esperaban.

Salió el negro. A partir de este momento ya no recuerdo ni el cálculo, ni el orden de mis posturas. Únicamente recuerdo como en sueños que ya había ganado unos dieciséis mil florines; en tres jugadas adversas, perdí doce mil; después coloqué los cuatro mil restantes al *passe* (de hecho, ya no experimentaba nada, esperaba maquinalmente, sin una sola idea en la cabeza), y de nuevo gané. Volví a ganar cuatro veces seguidas. Recuerdo únicamente que cogía el dinero por miles y que eran las cifras de en medio —a las que me había aficionado— las que salían con más frecuencia. Aparecían de forma regular, tres, cuatro veces seguidas; después desaparecían un par de jugadas para volver a surgir tres o cuatro veces consecutivas. Esta sorprendente regularidad suele darse a intervalos y confunde a los jugadores empedernidos que, lápiz en mano, hacen sus cálculos. ¡Qué espantosa ironía ofrece a veces la suerte!

---

[1] Marie Blanchard (1778-1819): esposa de uno de los primeros aeronautas; falleció en el incendio de un globo.

Habría pasado una media hora desde mi llegada. De repente, el *croupier* me informó de que yo había ganado treinta mil florines y que, dado que la banca no podía responder por una cantidad mayor en una sola jugada, iban a cerrar la ruleta hasta la mañana siguiente. Llené los bolsillos con el oro, cogí los billetes y pasé a otra sala, donde había otra ruleta. La multitud se precipitó tras de mí; enseguida me hicieron sitio y volví a hacer las posturas al azar, sin cálculo alguno. ¡No puedo comprender qué fue lo que me salvó!

No obstante, había momentos en que el cálculo acudía a mi mente. Me encariñaba con determinadas cifras y probabilidades, mas pronto las abandonaba y volvía a hacer las posturas casi inconscientemente. Debía de estar muy distraído; recuerdo que varias veces los *croupiers* tuvieron que corregir mi juego. Cometía faltas torpes. Tenía las sienes empapadas de sudor, me temblaban las manos. También acudieron prestos los polacos, ofreciéndome sus servicios, pero no hacía caso a nadie. La suerte no me abandonaba. Súbitamente se oyeron voces y risas fuertes. «¡Bravo, bravo!», gritaban todos, algunos incluso aplaudieron. ¡Volví a arrancar treinta mil florines, y de nuevo cerraron la banca hasta el día siguiente!

—¡Váyase, váyase! —susurraba uno voz a mi derecha.

Era un judío de Frankfurt; había permanecido todo el tiempo a mi lado y, si no me equivoco, me había ayudado un par de veces.

—¡Por Dios, váyase! —me susurró otra voz a mi oído izquierdo.

Miré de reojo. Era una dama, vestida con modestia y corrección, de unos treinta años, de rostro cansado, de palidez enfermiza, en el que podían apreciarse todavía las huellas de su maravillosa belleza. En aquel momento estaba yo llenando los bolsillos con billetes, arrugándolos, y recogiendo el oro que había sobre la mesa. Al recoger el último cartucho de cincuenta federicos, lo deslicé, sin que nadie lo advirtiera, en la mano de la dama pálida; sentía un deseo terrible de hacerlo y pude comprobar cómo sus finas y delgadas manos oprimían con fuerza la mía en señal del más vivo agradecimiento. Todo esto ocurrió en unos instantes.

Recogí todo y me dirigí rápido a la *trente et quarante*.

El público de la *trente et quarante* es un público aristocrático. Esto no es la ruleta, son las cartas. Aquí la banca responde hasta de cien mil florines. La máxima postura es asimismo de cuatro mil florines. Ignoraba por completo el juego y solo conocía dos posturas, el rojo y el negro, que también aquí los hay. A ellos, pues, me limité. Todo el casino bullía a mi alrededor. No recuerdo haberme parado a pensar, ni una sola vez, en Polina. Sentía un placer irresistible en recoger y amontonar los billetes de banco, que se apilaban ante mí.

En efecto, parecía que el destino me empujaba. Y, como a propósito, ocurrió algo que, por otra parte, suele repetirse con bastante frecuencia. Se aferra la suerte, por ejemplo, al rojo, y no lo abandona durante diez, quince jugadas seguidas. Dos días antes yo mismo había oído decir que el rojo había salido veintidós veces consecutivas.

No recordaban otro caso igual y lo relataban asombrados. Por supuesto, en momentos así, todos dejan inmediatamente el rojo y después de la décima jugada nadie se atreve a apostar a este color. Pero tampoco apostará ningún jugador experto al negro, opuesto al rojo. Un jugador sabe lo que significa «el capricho del azar». Por ejemplo, parecería lógico que, tras salir dieciséis veces el rojo, la jugada siguiente cayera en el negro. Los novatos se precipitan en masa sobre una probabilidad, doblan y triplican sus posturas, y pierden terriblemente.

Pero yo, por un extraño capricho, al advertir que el rojo había salido siete veces seguidas, opté adrede por él. Estoy convencido de que en un 50 por ciento era cuestión de amor propio; deseaba sorprender a los espectadores corriendo un riesgo loco, aunque —¡extraña sensación!— recuerdo claramente que, en efecto, también se había apoderado de mí un ansia irresistible de riesgo, sin que me hostigara el amor propio.

Quizá, tras haber experimentado tantas sensaciones, el espíritu no se sienta saciado, sino únicamente estimulado, y exija nuevas sensaciones, cada vez más fuertes, hasta la total extenuación.

Y puedo jurar que, si el reglamento del juego hubiese permitido posturas de cincuenta mil florines, los habría evidentemente arriesgado. A mi alrededor gritaban que aquello era una locura, que ya eran catorce veces seguidas que salía el rojo.

—*Monsieur a gagné déjà cent mille florins*[2] —oí una voz a mi lado.

De golpe desperté. ¿Cómo? ¡Había ganado aquella noche cien mil florines! ¿Para qué quería más? Me lancé sobre los billetes, los metí arrugándolos en los bolsillos, sin contarlos; recogí el oro, los cartuchos, y salí corriendo del casino. El público allí presente, al verme atrave-

[2] El señor ha ganado ya cien mil florines.

sar las salas con los bolsillos hinchados y pasos inseguros a causa del peso del oro, se echó a reír. Yo creo que llevaba encima no menos de medio *pud*.[3] Varios brazos se extendieron hacia mí y empecé a repartir el dinero a puñados, cuanto cabía en la mano. Dos judíos me detuvieron a la salida.

—¡Es usted audaz, muy audaz! —me dijeron—. Pero márchese sin falta mañana por la mañana, lo antes posible; de lo contrario, lo perderá todo...

Ni les escuché. La alameda estaba tan oscura que no podía distinguir ni mi propia mano. Había como media *versta* hasta el hotel. Nunca he temido a los ladrones, a los bandidos, ni siquiera de niño. Tampoco los temía en aquel momento. Aunque la verdad es que no recuerdo en qué pensaba por el camino. Sentía la cabeza vacía. Tan solo experimentaba un enorme placer, de triunfo, de victoria, de poder, no sé cómo expresarlo. La imagen de Polina pasaba por mi mente. Recordaba, era consciente de que iba a buscarla, de que enseguida estaría con ella y le contaría lo ocurrido, le enseñaría... Pero casi había olvidado sus palabras y el objeto de mi visita al casino, y todas las sensaciones, todavía recientes, experimentadas apenas hacía una hora y media, se me antojaban lejanas, rectificadas, caducas, algo que ya no mencionaríamos porque todo iba a empezar de nuevo. Al final de la alameda, el miedo se apoderó de mí: «¿Y si ahora me matan y me roban?». A cada paso el temor se acrecentaba. Ya casi corría. De pronto, al final de la avenida, surgió resplandeciente todo el hotel con sus infinitas luces. ¡Gracias a Dios, ya estaba en casa!

[3] Medida rusa de peso, equivalente a 16,38 kg.

Subí corriendo a mi habitación y abrí la puerta. Polina permanecía allí, sentada en el sofá, con los brazos cruzados, ante una vela encendida. Me miró sorprendida. Yo debía de tener un aspecto bastante extraño. Me detuve ante ella y empecé a arrojar sobre la mesa el dinero.

XV

Recuerdo que me miró fijamente, quieta, sin cambiar siquiera de actitud.

—¡He ganado doscientos mil francos! —exclamé al sacar el último cartucho.

Un enorme montón de billetes y cartuchos de oro cubría toda la mesa, y yo no podía ya apartar de él la mirada. Hubo un momento en que llegué a olvidarme por completo de Polina. Me ponía a ordenar los billetes de banco, los colocaba juntos, o bien apilaba aparte el oro. De pronto, abandonaba el trabajo y empezaba a pasear por la habitación, me quedaba pensativo, y otra vez me acercaba a la mesa y comenzaba a contar el dinero. Y de repente, como si volviera en mí, corrí hacia la puerta, la cerré y di dos vueltas a la llave. Después me paré indeciso ante mi pequeña maleta.

—¿Y si lo guardo en la maleta hasta mañana? —pregunté, volviéndome hacia Polina y recordando de pronto su presencia.

Seguía sentada, inmóvil, en el mismo lugar, pero sin apartar sus ojos de mí. Tenía una extraña expresión en el rostro. Aquel gesto no me gustó nada. Creo no equivocarme si digo que en ellos había odio.

Me acerqué rápidamente a ella.

—Polina, aquí tiene veinticinco mil florines, son cincuenta mil francos, incluso más; cójalos y arrójeselos a la cara.

No me contestó.

—Si quiere, yo mismo se los llevaré mañana a primera hora. ¿Le parece?

De repente se echó a reír. Y estuvo riendo largo rato.

Yo la miraba entre asombrado y afligido. Era la misma risa burlona, frecuente, todavía fresca en mi memoria, con que acogía mis más apasionadas declaraciones. Por fin se calló y frunció el ceño. Me miraba de reojo, con aire severo.

—No voy a coger su dinero —dijo desdeñosa.

—¿Cómo? ¿Qué significa eso? —exclamé—. ¿Por qué, Polina?

—Yo no acepto dinero sin dar nada a cambio.

—Se lo ofrezco como un amigo. Le ofrezco mi vida.

Fijó en mí una mirada larga, escrutadora, como si deseara atravesarme con ella.

—Es usted demasiado generoso —dijo irónica—. La amante de Des Grieux no vale cincuenta mil francos.

—¿Cómo puede hablarme así, Polina? —exclamé en tono de reproche—. ¿Acaso soy Des Grieux?

—¡Le odio! ¡Sí, sí! Le detesto más que a Des Grieux —exclamó Polina, con los ojos llenos de ira.

Ocultó el rostro entre las manos y empezó a debatirse en un acceso de nervios. Me acerqué precipitadamente a ella.

Comprendí que algo le había ocurrido en mi ausencia. Parecía totalmente enajenada.

—¡Cómprame! ¿Quieres?, ¿quieres? ¡Por cincuenta mil francos, como Des Grieux! —decía entre sollozos convulsivos.

La abracé, le besé las manos, los pies, caí de rodillas ante ella.

Poco a poco fue serenándose. Había apoyado sus manos en mis hombros y me miraba fijamente. Como si quisiera leer algo en mi rostro. Me escuchaba, al parecer sin oír lo que yo le decía. Su rostro adquirió un aspecto preocupado y pensativo. Tuve miedo de que perdiera la razón. Unas veces me atraía lentamente hacia sí y una sonrisa confiada asomaba a sus labios. De repente me rechazaba y volvía a mirarme fijamente con aire sombrío.

Y de pronto se lanzó a mis brazos.

—Me amas, ¿verdad? —decía—. Tú, tú... estabas dispuesto a batirte con el barón —Y se echó a reír, como si de repente recordara algo alegre y divertido.

Reía y lloraba a la vez. ¿Qué podía hacer yo? Me hallaba en un estado febril. Recuerdo que empezó a decirme algo, pero no la entendía. Era una especie de delirio, de balbuceo, como si tuviera prisa de contarme algo, un delirio interrumpido a veces por una alegre risa que me asustaba. «No, no, eres mi amor, mi amor —repetía—, mi fiel...», y volvía de nuevo a posar sus manos sobre mis hombros, a fijar su mirada en mí y a repetir: «¿Me quieres..., me quieres..., me vas a querer?». No podía apartar los ojos de ella; nunca la había visto en esos arrebatos de ternura y de amor; desde luego, estaba delirando, pero... al advertir mi mirada apasionada, me sonreía maliciosamente; y de buenas a primeras se puso a hablar del señor Astley.

La verdad es que no había cesado de hablar del señor Astley —sobre todo, cuando intentó contarme algo anteriormente—, pero no pude captar con exactitud lo que pretendía decirme; llegó incluso a burlarse de él; repetía constantemente que Astley la esperaba... y que quizá no supiera yo que probablemente estuviera en aquel instante bajo mi ventana: «Sí, sí, bajo la ventana; anda, ábrela, mira, mira, está ahí». Me empujaba hacia la ventana, pero, cuando intentaba yo dirigirme hacia allí, soltaba una carcajada; yo me quedaba a su lado y Polina se lanzaba a abrazarme.

—¿Nos iremos? ¿Verdad que nos iremos mañana? —recordó de pronto, inquieta—. ¿Y si intentamos alcanzar a la abuela, qué te parece? —Se quedó pensativa—. Creo que en Berlín la alcanzaremos. ¿Qué crees que dirá cuando la alcancemos y nos vea? ¿Y el señor Astley? A este no se le ocurrirá saltar desde el Schlangenberg, ¿verdad? —Reía a carcajadas—. Pero, escucha: ¿sabes dónde piensa ir el próximo verano? ¡Quiere ir al Polo Norte para dedicarse a investigaciones científicas! Y me ha invitado a que le acompañe... ¡Ja, ja, ja! Dice que, sin los europeos, nosotros, los rusos, no sabríamos nada y seríamos unos inútiles... ¡Pero es buena persona! ¿Sabes?, disculpa al «general». Dice que Blanche..., que la pasión... En fin, no sé, no sé —dijo como divagando, desconcertada—. Pobrecillos, me dan lástima, y también la abuela. Pero, escucha, escucha, ¿cómo pretendías matar a Des Grieux? ¿Acaso, acaso creías que ibas a poder matarle? ¡Tonto, tonto! ¿Creías que yo te iba a dejar batirte con Des Grieux? ¡Pero si eres incapaz de matar incluso al barón! —añadió, echándose a reír—. ¡Qué ridículo estabas el otro día con el barón! Os estaba observando desde un banco. ¡Qué pocas ganas tenías de ir cuando yo te lo pedí! ¡Cómo me reía, cómo me reía! —añadió, riendo a carcajadas.

Y nuevamente me besó y me abrazó, nuevamente apretó con ternura y pasión su rostro contra el mío. Yo ya no pensaba en nada, ya no oía nada. La cabeza me daba vueltas...

Serían las siete de la mañana cuando desperté. El sol iluminaba la habitación. Polina estaba sentada junto a mí y miraba a su alrededor con un aire extraño, como si saliera de la oscuridad y tratara de reunir sus recuerdos. Acababa de despertarse y tenía fija la mirada en la mesa y el dinero. Yo sentía la cabeza pesada y dolorida. Quise coger a Polina de la mano; ella me rechazó y se levantó bruscamente del sofá. La mañana aparecía nublada. Había llovido antes de amanecer. Se acercó a la ventana, la abrió y asomó la cabeza y el pecho, descansando sobre las manos, los codos apoyados en el alféizar; permaneció así algunos minutos, sin volverse hacia mí y sin escuchar lo que yo le decía. Una idea me vino a la mente que me llenaba de pavor: ¿qué iba a suceder y cómo acabaría todo aquello? De pronto, se apartó de la ventana, se acercó a la mesa, y, mirándome con expresión de odio infinito, con los labios temblorosos de ira, me dijo:

—¡Bueno, dame mis cincuenta mil francos!

—Polina, vuelves otra vez a lo mismo —me atreví a decirle.

—¿Qué pasa? ¿Has cambiado de idea? ¡Ja, ja, ja! ¿Ya te has arrepentido?

Veinticinco mil florines, contados desde la víspera, estaban sobre la mesa, los cogí y se los di.

—Son míos, ¿verdad? ¿Verdad? ¿No es así? —me preguntaba con odio, mientras sostenía el dinero en la mano.

—Siempre han sido tuyos —dije.

—¡Pues aquí los tienes! —Y levantando el brazo me los arrojó a la cara.

El paquete me dio de lleno en el rostro y se dispersó por el suelo. Seguidamente Polina salió corriendo.

Yo comprendo, claro está, que en aquel momento Polina no estaba en su juicio, aunque no me explique aquella locura pasajera. Bien es cierto que incluso ahora, al cabo de un mes, sigue enferma. Y, sin embargo, ¿cuál era la razón de aquel estado de ánimo y, especialmente, de aquella salida? ¿El orgullo herido? ¿La desesperación por haberse decidido a venir? ¿Habría yo, quizá, manifestado de algún modo que me envanecía de mi suerte y que, en efecto, era exactamente igual que Des Grieux, que pretendía desembarazarme de ella ofreciéndole cincuenta mil francos? Pero mi conciencia me dice que no hubo nada semejante.

Creo que, en parte, la culpa fue de su propia vanidad; la vanidad le sugería no confiar en mí y ofenderme, aunque no tomara conciencia de todo esto más que de una forma muy confusa. En este caso yo las había pagado por Des Grieux y era culpable, por tanto, sin haber cometido nada grave. Verdaderamente, aquello no era más que delirio; verdaderamente, yo sabía que Polina estaba delirando y... no tomé en consideración esa circunstancia. ¿Quizá sea eso lo que no me puede perdonar? Sí, pero eso ahora. ¿Y entonces, entonces? Su delirio y su enfermedad no eran tan fuertes como para hacerle olvidar por completo lo que significaba ir a verme con la carta de Des Grieux. Luego, era consciente de sus actos.

Metí de cualquier modo, apresuradamente, los billetes y el oro en la cama, la cubrí y salí unos diez minutos después de Polina. Estaba seguro de que había corrido a sus habitaciones y decidí llegarme allí sin ruido y en la antesala preguntarle al aya por la salud de la señorita.

¡Cuál no sería mi asombro cuando me enteré por aquella, a quien encontré en la escalera, de que Polina no había regresado y que ella misma iba a buscarla a mi habitación!

—Acaba de salir de mi habitación —le dije—. Hará unos diez minutos; no comprendo dónde habrá podido meterse.

El aya me miró con gesto de reproche. Pero ya circulaba por todo el hotel la noticia. En la portería y en el cuarto del *maître* se comentaba a media voz que la *Fraülein*[1] había salido corriendo a las seis de la mañana, bajo la lluvia, y se había dirigido hacia el hôtel d'Angleterre. Por sus palabras y alusiones comprendí que ellos sabían que Polina había pasado toda la noche en mi habitación. En verdad, la murmuración había alcanzado a toda la familia del general: se sabía que la víspera el general había perdido el juicio y que sus llantos se habían oído por todo el hotel. Añadían a esto que la abuela era su madre, que había venido especialmente de Rusia para impedir el matrimonio de su hijo con mademoiselle de Cominges y amenazarle con privarle de la herencia en caso de desobedecer, y que, como así había ocurrido, la condesa había jugado y perdido deliberadamente su fortuna a la ruleta ante los mismos ojos de su hijo, para que no le quedara nada. «*Diese Russen!*»,[2] movía la cabeza, indignado, el *maître*. Otros se reían. El *maître* preparaba la cuenta. Todos estaban al corriente de mi triunfo en el casino. Karl, el lacayo de mi piso, fue el primero en felicitarme. Pero yo no estaba como para entretenerme con

[1] Señorita.
[2] ¡Estos rusos!

ellos. Corrí al hôtel d'Angleterre. Era muy temprano. El señor Astley no recibía a nadie. Al enterarse de que era yo, salió al pasillo y se detuvo ante mí, mirándome fijamente en silencio con sus ojos apagados, esperando que yo hablara. Le pregunté inmediatamente por Polina.

—Está enferma —contestó el señor Astley, sin apartar la mirada de mí.

—Entonces ¿está en sus habitaciones?

—Sí, en mis habitaciones.

—¿Y tiene intención de... retenerla?

—Así es.

—Señor Astley, esto provocará un escándalo. Es imposible. Además, está muy enferma. Quizá no lo haya observado usted.

—Sí, lo he observado. Ya le he dicho a usted que estaba enferma. De no haberlo estado, no habría pasado la noche con usted.

—Luego, ¿también sabe eso?

—Lo sé. Ayer se dirigía hacia aquí y yo la habría llevado con una pariente mía, pero como estaba enferma se equivocó y se fue a su habitación.

—Figúrese. Le felicito, señor Astley. Por cierto, me ha recordado usted una cosa: ¿no ha pasado usted la noche bajo mi ventana? La señorita Polina ha estado toda la noche obligándome a abrir la ventana y mirar si estaba usted allí. ¡Y cómo se divertía!

—¿De verdad? No, no estuve bajo su ventana. Aguardé en el pasillo y me paseé por allí.

—Habrá que curarla, señor Astley.

—Oh, ya he avisado al médico; y, si se muere, me rendirá usted cuentas de su muerte.

Quedé estupefacto.

—Por favor, señor Astley, ¿qué pretende con eso?

—¿Es verdad que ha ganado usted ayer doscientos mil florines?

—Solo cien mil.

—¿Lo ve? Entonces, se marcha hoy a París.

—¿Para qué?

—Todos los rusos, en cuanto tienen dinero, se van a París —me explicó el señor Astley en un tono que parecía estar leyendo cuanto me decía.

—¿Y qué voy a hacer ahora, en pleno verano, en París? ¡Yo la amo, señor Astley! Y a usted le consta que es así.

—¿De verdad? Estoy convencido de todo lo contrario. Además, si continúa aquí, va a perderlo todo y no tendrá para ir a París. Bueno, adiós, tengo la completa seguridad de que hoy mismo saldrá para París.

—Adiós, pero no me marcho a París. Piense, señor Astley, en lo que va a ocurrir. El general... y ahora esta historia de Polina... toda la ciudad lo va a comentar.

—En efecto, toda la ciudad. Al general, creo yo, no le preocupa eso. Tiene otras cosas en que pensar. Y, además, la señorita Polina tiene perfecto derecho a vivir donde le plazca. En cuanto a la familia, puedo asegurar, sin temor a equivocarme, que tal familia ya no existe.

Mientras caminaba, me reía de la extraña seguridad del inglés de que yo me marcharía a París. «Sin embargo, está dispuesto a matarme en duelo —pensaba— si Polina se muere. ¡Lo que faltaba!». Juro que sentía compasión de Polina, pero, cosa extraña, desde el mismo instante en que la víspera había tocado la mesa de juego y había empezado a ganar los fajos de billetes, desde ese instante mi amor quedó relegado a un segundo plano. Esto puedo afirmarlo ahora; pero entonces yo aún no lo veía con claridad.

178

¿Sería yo, acaso, un jugador? ¿Amaría a Polina, en efecto, de una forma tan... extraña? ¡Pero Dios es testigo de que la sigo amando! Y, además, al dejar al señor Astley, yo sufría sinceramente y me cubría de reproches. Pero... pero me sucedió una extraña y absurda aventura.

Me dirigía a las habitaciones del general, cuando, de pronto, cerca de ellas, se abrió una puerta y alguien me llamó. Era madame *veuve* Cominges, que me llamaba por orden de mademoiselle Blanche. Entré en el apartamento de la francesa.

Era más bien pequeño, compuesto de dos habitaciones. Desde la alcoba me llegaba la voz y la risa de mademoiselle Blanche. Estaba levantándose de la cama.

—*Ah, c'est lui! Viens donc, bêta!* Entonces es verdad *que tu as gagné une montagne d'or et d'argent? J'aimerais mieux l'or.*[3]

—He ganado —le contesté.

—¿Cuánto?

—Cien mil florines.

—*Bibi, comme tu es bête.* Pasa aquí, que no oigo nada. *Nous ferons bombance, n'est-ce pas?*[4]

Entré en la alcoba. Estaba en la cama, bajo un cobertor de satén rosa que dejaba al descubierto sus hombros, morenos, sanos, sorprendentes; hombros como no se ven más que en sueños, ligeramente cubiertos por un camisón de batista, ribeteado de blanquísimos encajes que realzaban su piel morena.

[3] ¡Ah, es él! ¡Pero acércate, tontaina! ¿Es verdad, pues, que has ganado una montaña de oro y de plata? Yo preferiría el oro.

[4] ¡*Bibi*, qué tonto eres...! Vamos a echarnos la gran juerga, ¿verdad?

—*Mon fils, as-tu du coeur?*[5] —exclamó al verme, y soltó una carcajada. Su risa era siempre alegre y, a veces, incluso sincera.

—*Tout autre...*[6] —empecé, parafraseando a Corneille.

—Lo ves, *vois-tu* —empezó a hablar rápidamente—, ante todo, búscame las medias, ayúdame a calzarme. Y luego, *si tu n'es pas trop bête, je te prends à Paris.*[7] ¿Sabes? Me voy enseguida.

—¿Enseguida?

—Dentro de media hora.

En efecto, tenía hechos los equipajes. Las maletas preparadas. El café ya estaba servido.

—*Eh bien,* si quieres, *tu verras Paris. Dis donc, qu'est-ce que c'est qu'un outchitel? Tu étais bien bête, quand tu étais outchitel.*[8] ¿Dónde están mis medias? Anda, pónmelas.

Sacó un pie realmente delicioso, un pie moreno, diminuto, no deformado, como casi todos esos pies que parecen tan monos en sus botitas. Me eché a reír y empecé a ponerle la media de seda.

Mientras tanto, mademoiselle Blanche charlaba incesantemente sentada en la cama:

—*Eh bien, que feras-tu, si je te prends avec?* Primero *je veux cinquante mille francs.* Me los darás en Frankfurt. *Nous allons à Paris.* Allí viviremos juntos *et je te ferai voir des étoiles en plein jour.*[9] Verás mujeres como jamás has visto. Escucha...

[5] Hijo mío, ¿eres valiente?

[6] Cualquier otro que... (Corneille: *Cid,* acto I, escena quinta).

[7] Si no eres demasiado tonto, te llevaré conmigo a París.

[8] Bien..., verás París. Dime, ¿qué es un *outchitel?* Tú eras muy tonto cuando eras un *outchitel.*

[9] Bien, ¿qué harás si te llevo conmigo...? Quiero cincuenta mil francos... Iremos a París... Te haré ver las estrellas en pleno día.

—Espera, si te doy cincuenta mil francos, ¿qué me va a quedar a mí?

—*Et cent cinquante mille francs*, ¿es que lo has olvidado? Además, estoy dispuesta a vivir un mes, dos, *que sais-je*. Por supuesto, nos gastaremos en un par de meses esos ciento cincuenta mil francos. Ya ves, *je suis bonne enfant*, y te lo advierto de antemano, *mais tu verras des étoiles*.[10]

—¿Cómo, todo en dos meses?

—Vamos, ¿te asusta? *Ah, vil esclave!* Pero ¿no sabes que un mes de vida así vale más que toda tu existencia? Un mes, *et après le déluge! Mais tu ne peux comprendre, va!* Vete, vete, no te lo mereces. ¡Ay! *Que fais-tu?*[11]

En aquel momento estaba poniéndole la otra media, pero no pude resistir la tentación y le besé la pierna. Blanche se soltó y me dio con el pie en la cara. Acabó por echarme.

—*Eh bien, mon outchitel, je t'attends, si tu veux;*[12] me voy dentro de un cuarto de hora —me gritó cuando yo salía.

Al volver a casa, la cabeza me daba vueltas. Yo no tenía la culpa de que Polina me hubiera arrojado el fajo de billetes a la cara y ya la víspera hubiera preferido al señor Astley. Aún había por el suelo algunos billetes de banco. Los recogí. En aquel instante se abrió la puerta y entró el *maître* —que hasta entonces ni me miraba— para ofre-

---

[10] Y ciento cincuenta mil francos... qué sé yo... soy una buena muchacha..., pero tú verás las estrellas.

[11] ¡Ah, vil esclavo...! ¡y luego, el diluvio! Pero no puedes comprenderlo, ¡vete...! ¿Qué haces?

[12] Bien, *outchitel* mío, te esperaré si quieres.

cerme que me instalara abajo, en las magníficas habitaciones que había ocupado recientemente el conde V.

Reflexioné.

—¡La cuenta! —exclamé—. Me voy dentro de diez minutos. «¡A París, pues a París! —pensé para mis adentros—. ¡Estaba escrito que así fuera!».

Un cuarto de hora más tarde, estábamos los tres, en efecto, en un compartimiento de un vagón familiar: mademoiselle Blanche, madame *veuve* Cominges y yo. Mademoiselle Blanche no podía contener la risa al mirarme. La *veuve* Cominges la coreaba; y yo faltaría a la verdad si dijera que estaba contento. Mi vida se desdoblaba, pero desde la víspera había adoptado la costumbre de jugarlo todo a una carta. Quizá fuera verdad que no había sabido adaptarme a mi nueva situación y que había perdido la cabeza. *Peut-être, je ne demandais pas mieux.*[13] Tenía la impresión de que, por un tiempo, pero solo por un tiempo, cambiaban los decorados. «Dentro de un mes estaré aquí de vuelta, y entonces... ¡entonces mediremos nuestras fuerzas, señor Astley!». Sí, recuerdo ahora que yo estaba terriblemente triste, a pesar de reír a porfía con la tonta de Blanche.

—Pero ¿qué te pasa? ¡Qué imbécil! ¡Oh, qué imbécil! —exclamó Blanche, dejando de reír y poniéndose a regañarme en serio—. Bueno, sí, sí, nos gastaremos tus doscientos mil francos, *mais tu seras heureux, comme un petit roi*;[14] yo misma haré el lazo de tu corbata y te presentaré a Hortense. Y cuando nos gastemos el dinero, vuelves aquí y haces saltar la banca. ¿Qué te dijeron los judíos?

[13] Quizá era esto lo que yo deseaba.
[14] Pero serás dichoso como un pequeño rey.

Lo principal es ser audaz, y tú lo eres, y más de una vez tendrás ocasión de llevarme dinero a París. *Quant à moi, je veux cinquante mille francs de rente, et alors...*[15]

—¿Y el general? —le pregunté.

—El general, como tú sabes, todos los días a esta hora se va por un ramo de flores para mí. Esta vez le he pedido expresamente que me trajera las flores más raras. Cuando el infeliz vuelva, se encontrará con que el pajarito ya ha volado. Y volará tras nosotros, ya lo verás... ¡Ja, ja, ja! Y me alegrará mucho. En París me será útil; aquí pagará sus deudas señor Astley...

De este modo me marché yo entonces a París.

[15] Por lo que a mí toca, quiero cincuenta mil francos de renta, y luego...

XVI

¿Qué decir de París? Todo fue sin duda una estupidez y una locura. Estuve allí algo más de tres semanas solamente, y en ese tiempo me gasté mis cien mil francos. Hablo solamente de cien mil; los otros cien mil se los di a mademoiselle Blanche en dinero contante y sonante: cincuenta mil en un pagaré, que a la semana ya había hecho efectivo; «*et les cent mille francs qui nous restent, tu les mangeras avec moi, mon outchitel*».[1] Es difícil imaginar seres más calculadores, tacaños e insensibles que las personas de la clase de mademoiselle Blanche. Cuando se trata de su dinero, desde luego. Que por lo que a mis cien mil francos respecta, me anunció francamente que los necesitaba para su instalación provisional en París. «Ahora me he situado en sociedad de una vez para siempre, y nadie podrá echarme por tierra. Al menos, he tomado mis precauciones», añadió. La verdad es que, por no ver, casi ni vi el color de los cien mil francos. El dinero lo guardaba ella, y en mi cartera, que ella se encargaba de registrar a diario, nunca había más de cien francos, por lo general menos.

[1] Y los cien mil francos que nos quedan te los comerás conmigo, *outchitel* mío.

—¿Para qué quieres el dinero? —me decía con el aire más ingenuo, y yo no discutía.

En cambio, con este dinero arregló su pisito, que no quedó nada mal, y cuando me llevó a vivir allí, mientras me mostraba las habitaciones, me dijo:

—Mira lo que se puede hacer con unos míseros francos, si hay economía y buen gusto.

Aquella miseria costaba exactamente cincuenta mil francos. Con los otros cincuenta mil compró coche y caballos; además, dimos dos bailes, es decir, dos reuniones, a las que asistieron Hortense, Lisette y Cléopâtre, mujeres notables en muchos y muchos aspectos, y nada feas por añadidura. Durante aquellas veladas tuve que hacer el absurdo papel de dueño de la casa; recibir y entretener a comerciantes riquísimos y brutísimos; a tenientes de una ignorancia y una desfachatez imposibles y a unos miserables escritorzuelos y unos periodistas de mala muerte, vestidos con fraques a la moda, guantes de color paja, y con un orgullo y una soberbia tales como no puede imaginarse ni en Petersburgo, que ya es decir. Decidieron burlarse de mí, pero cogí una borrachera de champán y la estuve durmiendo en una habitación contigua. Todo aquello me repugnaba en grado sumo. «*C'est un outchitel* —decía Blanche de mí—, *il a gagné deux cent mille francs*[2] y, de no ser por mí, no sabría cómo gastarlos. Después volverá a ser maestro. ¿Sabe alguien de algún empleo? Hay que hacer algo por él». Empecé a recurrir con mucha frecuencia al champán, porque me hallaba constantemente en un estado de ánimo triste y, además, me aburría muchísimo. Vivía

[2] Es un *outchitel*... ha ganado doscientos mil francos.

en el ambiente más burgués, más mercantil, donde cada *sou*[3] era contado y pesado. Había advertido que Blanche me soportaba mal las dos primeras semanas; bien es verdad que me dejó hecho un figurín y que personalmente me anudaba el lazo de la corbata, pero en el fondo me despreciaba. A mí aquella actitud me tenía sin cuidado. Triste y aburrido, frecuentaba a diario el Château des Fleurs, donde, con regularidad, cada noche, me emborrachaba y aprendía a bailar el cancán, que bailaban de forma tan grosera y en el que posteriormente llegué a alcanzar cierta celebridad. Por fin, Blanche comprendió mi modo de ser: se había formado de antemano la idea de que yo, durante nuestra convivencia, la perseguiría con lápiz y papel, calculando el dinero que había gastado, que había robado, o el que gastaría y robaría en el futuro. Y, desde luego, estaba convencida de que íbamos a entablar una verdadera batalla por cada diez francos. Tenía ya preparada una respuesta a cada uno de mis supuestos ataques. Como yo callaba, al principio intentó atacar ella misma. Empezaba a discutir acaloradamente, pero, al ver que yo no respondía —habitualmente estaba echado en un sofá, la mirada fija en el techo—, acababa por sorprenderse. Primero creía que yo era un simplón, un *outchitel*, y se limitaba a cortar mis explicaciones, sin duda pensando: «Es tonto; no hay por qué sugerírselo, si él mismo no se da cuenta de nada». Salía de la estancia, pero a los diez minutos ya estaba de vuelta. (Solía ocurrir esto cuando gastaba de la forma más alocada; por ejemplo, cuando cambió los caballos y compró otros por dieciséis mil francos).

[3] Cuarto.

—Entonces, *bibi*, ¿no estás enojado...? —Se acercó a mí.

—¡No-o-o! ¡Me estás fastidiando! —respondí, y la aparté con la mano, pero esto le resultó tan extraño que se sentó a mi lado.

—Verás, si me decidí a pagar tan caro, fue porque se trataba de una ocasión. Podré venderlos por veinte mil francos.

—Te creo, te creo, los caballos son excelentes; ahora dispones de magníficos caballos y de un magnífico coche. Será muy útil. Y no hablemos más.

—Entonces ¿no te enfadas?

—Pero ¿por qué? Haces muy bien en adquirir cosas necesarias para ti. El día de mañana te será muy útil. Veo que necesitas realmente instalarte bien. De otro modo, no podrás ganar un millón. Nuestros cien mil francos no son más que el principio; una gota de agua en el océano.

Blanche, que era lo que menos esperaba de mí —en lugar de gritos y reproches—, quedó estupefacta.

—Hay que ver... ¡Hay que ver cómo eres! *Mais tu as l'esprit pour comprendre! Sais-tu, mon garçon,*[4] ¡aunque seas maestro, deberías haber nacido príncipe! Entonces ¿no te importa que se nos vaya así el dinero?

—¡Al diablo el dinero! ¡Que se gaste cuanto antes!

—*Mais... sais-tu... mais dis doncs*, ¿acaso eres rico? *Mais sais-tu*, desprecias demasiado el dinero. *Qu'est-ce que tu feras après, dis donc?*[5]

[4] ¡Pero tú tienes bastante inteligencia para comprender! Sabes, chico mío.

[5] Pero... sabes... dime, a ver [...] Pero sabes [...] ¿Qué harás luego, dime?

—*Après,* me iré a Homburgo y ganaré otros cien mil francos.

—*Oui, oui, c'est ça, c'est magnifique!* Y estoy segura de que ganarás y me traerás dinero. *Dis donc,* acabarás por conseguir que yo te quiera de verdad. *Et bien,* por ser así te querré mientras estemos juntos y no te seré infiel ni una sola vez. Ya ves, todo este tiempo, a pesar de no quererte, *parce que je croyais que tu n'est qu'un outchitel (quelque chose comme un laquais, n'est-ce pas?),* te he sido fiel, parece *que je suis bonne fille.*[6]

—Estás mintiendo. Y con Albert, ese oficial morenucho, ¿crees que no lo he visto el otro día?

—*Oh, oh, mais tu es...*[7]

—Estás mintiendo, pero no vayas a creer que me enfado por eso. No me importa en absoluto; *il faut que jeunesse se passe.*[8] No le vas a echar si le has tenido antes que a mí y, además, le quieres. Pero no le des dinero, ¿lo oyes?

—Entonces ¿no te enfadas por eso? *Mais tu es un vrai philosophe, sais-tu? Un vrai philosophe!* —exclamó entusiasmada—. *Eh bien, je t'aimerai, je t'aimerai, tu verras, tu seras content!*[9]

De hecho, a partir de entonces, pareció cobrarme afecto, mostrarme incluso amistad, y así pasaron los últimos diez días. Me quedé sin ver las «estrellas» prome-

---

[6] Sí, sí, es esto, ¡es magnífico! [...] Vaya [...] Bien [...] porque yo creía que no eras más que un *outchitel* (algo así como un lacayo, ¿no es cierto?) [...] porque soy una buena muchacha.

[7] Oh, oh, pero tú eres...

[8] Hay que aprovechar la juventud.

[9] Pero tú eres un verdadero filósofo, ¿lo sabes? ¡Un verdadero filósofo! [...] Bien, te querré, te querré, ya lo verás, ¡estarás contento!

tidas, aunque, en ciertos aspectos, cumplió su palabra. Y, por si fuera poco, me presentó a Hortense, mujer demasiado notable en su género, a quien en nuestro círculo llamaban «Thérèse *philosophe*».[10]

Pero preferiría no extenderme sobre esto. Podría formar un relato aparte, con su colorido, que no quiero insertar en esta novela. Yo deseaba con toda mi alma que aquello acabara cuanto antes. Pero, como ya he dicho, los cien mil francos duraron casi un mes, cosa que me sorprendió sinceramente; ochenta mil, por lo menos, se fueron en compras de Blanche, y unos veinte mil, no más, en nuestros gastos, que no es mucho. Blanche, que al final era casi franca conmigo —al menos no me mentía en algunos casos—, reconoció que, por lo menos, yo no tendría que cargar con las deudas que se había visto obligada a contraer: «Yo no te he dado a firmar facturas ni letras —me decía—, porque me dabas lástima; otra, en mi lugar, lo habría hecho, dalo por seguro, y te habría mandado a la cárcel. ¿Te das cuenta cómo te he querido y qué buena soy? ¡Solo en esa maldita boda lo que me voy a gastar!».

Porque tuvimos, en efecto, una boda. Fue al final de nuestro mes, y es de suponer que en ella se fueron los últimos restos de mis cien mil francos. Así terminó nuestra aventura, es decir, nuestro mes en común, después de lo cual me retiré oficialmente.

Sucedió de la siguiente forma.

A la semana de instalarnos en París, llegó el general. Fue directamente a ver a Blanche y, de hecho, tras la

---

[10] Alusión a un libro anónimo de carácter libertino, titulado *Thérèse philosophe ou Mémoire pour servir à l'histoire du Père Dirrag et de mademoiselle Éradice* (1748).

primera visita, se quedó a vivir con nosotros. La verdad es que había alquilado no sé dónde un pequeño piso. Blanche le recibió con alegría, con gritos y risas, y se precipitó a abrazarle. Las cosas sucedieron de tal forma que fue ella quien ya no le soltó; el general tenía que acompañarla a todas partes: a los bulevares, en los paseos, al teatro y de visita. El general aún servía para estos menesteres: de aspecto imponente y presentable, de estatura casi alta, con patillas y bigotes teñidos —había servido en los coraceros—, tenía un rostro agradable, aunque fofo. De excelentes maneras, llevaba el frac con soltura. En París se colocó todas sus condecoraciones: pasear con un hombre así por los bulevares era no solo aceptable, sino muy recomendable. El bueno y estúpido del general se sentía feliz. No era eso lo que él esperaba al llegar a París. Se presentó casi temblando de miedo. Creía que Blanche le gritaría y le echaría. Por eso, al ver el giro que habían tomado los acontecimientos, no cabía en sí de alegría, y pasó todo el mes en una especie de éxtasis beatífico. Seguía igual que cuando yo le había dejado. Ya en París me enteré con detalle de que, tras nuestra inesperada salida de Ruletenburgo, le dio aquella misma mañana algo así como un ataque. Se desmayó, y durante toda una semana anduvo totalmente trastornado y llegó incluso a hablar solo. Le empezaron a tratar, pero de repente lo abandonó todo, cogió el tren y se presentó en París. Ni que decir tiene que la acogida de Blanche fue para él el mejor de los remedios; sin embargo, los síntomas de la enfermedad persistieron largo tiempo, a pesar de su estado de ánimo, alegre y exaltado. Era incapaz de discurrir sobre algo o de seguir una conversación seria. En casos así, se limitaba a decir «¡hum!»

190

a cada palabra y a asentir con la cabeza. Reía a menudo, pero su risa era nerviosa, enfermiza, entrecortada. Otras veces, sin embargo, se pasaba las horas sombrío como la noche, frunciendo su poblado entrecejo. Lo olvidaba todo, se volvió distraído hasta la exasperación y adquirió la costumbre de hablar solo. Únicamente Blanche conseguía animarle. Sus accesos de mal humor, cuando se agazapaba taciturno en un rincón, indicaban exclusivamente que hacía tiempo que no veía a Blanche o que esta había salido sin él o que al irse no le había acariciado. En estos casos, ni él mismo habría podido indicar qué era lo que le faltaba, ni se daba plena cuenta de que estaba sombrío y triste. Después de permanecer una o dos horas sentado —lo observé un par de veces, en que Blanche, probablemente, se habría ido a pasar el día con Albert—, el general empezaba de pronto a mirar a su alrededor, a agitarse, a volver la cabeza, como si recordara algo o quisiera encontrar a alguien. Pero, al no ver a nadie y no acordarse de lo que quería preguntar, volvía a caer en un estado de sopor hasta que aparecía Blanche, alegre, impetuosa, emperifollada, con su risa sonora; se acercaba a él, le acariciaba, incluso le besaba, favor que, por otra parte, raramente le concedía. Una vez la alegría del general fue tal que se echó a llorar. Quedé sorprendido.

Desde que apareció, Blanche comenzó a interceder por él ante mí. Llegó incluso a soltarme largos discursos. Me recordó que había engañado al general por culpa mía, que había sido casi su novia, que le había dado su palabra; que por ella había abandonado él a la familia y que, en fin, yo había estado a su servicio, que debería comprenderlo y avergonzarme... Yo callaba, mientras que Blanche hablaba a chorros. Terminé por echarme a reír, y así acabó la cosa; es decir, al principio pensó que yo era un imbécil y después decidió que yo era bondadoso y nada tonto. En una palabra: tuve la inmensa suerte de merecer la entera benevolencia de esta digna joven (y de hecho Blanche era una buena muchacha; claro está, al principio no supe apreciarlo).

—Eres una persona inteligente y buena —me decía al final de nuestra convivencia—, y... y... es una lástima que seas tan tonto. Nunca, nunca tendrás nada.

«*Un vrai russe, un calmouk!*».[11] Varias veces me mandó llevar de paseo al general, como quien saca a la calle su lebrel con un lacayo. También le llevé al teatro, a *Bal Mabille*, a restaurantes. Para estos fines, Blanche me daba dinero, a pesar de que el general tenía y, además, a él le agradaba mucho echar mano de la cartera en público. Un día casi tuve que recurrir a la fuerza física para impedir que comprara un broche de setecientos francos que le gustó en el Palais-Royal y que estaba empeñado en regalar a Blanche. ¿Qué era para ella un broche de setecientos francos? En cambio, el general no tenía en total más de mil. Nunca pude enterarme de dónde provenían. Supongo que del señor Astley, tanto más cuanto que fue él quien pagó la cuenta del hotel. Por lo que respecta a la actitud del general hacia mí, me parece que ni siquiera sospechó de mis relaciones con Blanche. Aunque tenía una idea confusa de que yo había ganado una fortuna, debía de imaginarse que yo era algo así como un secretario particular, incluso un criado de Blanche. En todo caso seguía hablándome con alti-

---

[11] ¡Un verdadero ruso, un calmuco!

vez, con aire de jefe, y hasta llegó a amonestarme alguna que otra vez. Una mañana, durante el café, nos hizo reír muchísimo a Blanche y a mí. No era precisamente un hombre suspicaz, y he aquí que de pronto se enfadó conmigo. Todavía no comprendo por qué lo hizo. El caso es que se puso a hablar sin pies ni cabeza, *à bâtons rompus*,[12] a gritos, que yo era un chiquillo, que me iba a dar una lección... que me haría ver, etc. Nadie podía comprender nada. Blanche reía a carcajada tendida; finalmente, logramos calmarle un poco y nos lo llevamos de paseo. A menudo observaba que se ponía triste, que se compadecía de alguien y de algo, que alguien le faltaba, pese a la presencia de Blanche. En momentos así, intentó hablarme un par de veces, pero no pude sacar nada en limpio; recordaba el servicio, a su difunta esposa, su hacienda, su casa. Caía de pronto en una palabra y la repetía cien veces al día, aunque no expresara ni sus sentimientos ni sus ideas. Traté de hablarle de los niños, pero el general se limitaba a repetir su «¡Hum!» y cambiaba rápidamente de tema. «Sí, sí, los niños, tiene usted razón, los niños». Tan solo una vez, camino del teatro, se enterneció. «Son unos niños desgraciados —dijo de pronto—. ¡Sí, señor, unos niños desgraciados!». Varias veces repitió aquella tarde la frase «niños desgraciados». Cuando le hablé de Polina, se encolerizó. «¡Es una ingrata —exclamó—, es mala y desagradecida! ¡Ha deshonrado a toda la familia! Si aquí existieran leyes, yo la iba a meter en cintura. ¡Sí, sí!».

En cuanto a Des Grieux, no quería ni oír su nombre. «Me ha perdido —decía—, me ha robado, me ha

---

[12] Sin ilación.

asesinado. Ha sido mi pesadilla durante dos años. He estado soñando con él meses enteros. Es, es, es... ¡No vuelva a hablarme de él!».

Vi que estaban tramando algo, pero no dije nada, como de costumbre. Blanche fue la primera en anunciármelo antes de separarnos. «*Il a de la chance*[13] —me decía—, *babouchka* está realmente enferma y tiene que morirse a la fuerza. El señor Astley ha enviado un telegrama. Convendrás conmigo en que, a pesar de todo, el heredero es él. Y, aunque no lo sea, nada cambia. En primer lugar, tiene su pensión, y, en segundo, vivirá en el aposento lateral y será completamente feliz. Yo seré «*madame la générale*». Podré entrar en la buena sociedad —era su sueño de siempre—, más adelante seré una terrateniente rusa, *j'aurai un château, des moujiks et puis j'aurai toujours mon million*».[14]

—Y si de repente se siente celoso y empieza a exigir, a exigir... Dios sabe el qué, ¿me entiendes?

—*Oh, non, non, non!* ¡No se atreverá! Descuida, he tomado mis precauciones. Ya le he obligado a firmar varias letras de cambio a favor de Albert. El más leve gesto, y será bien castigado. Además, no se atreverá.

—Bueno, pues cásate.

La boda se celebró sin particular solemnidad, en familia, sin ostentación. Se invitó a Albert y a unos cuantos íntimos. Hortense, Cléopâtre y las otras fueron descartadas de manera rotunda. El novio se tomaba muy en

---

[13] Tiene suerte.

[14] Tendré un castillo, *mujiks*, y, por otra parte, nunca me faltará mi millón.

serio aquellos preparativos. Blanche personalmente le hizo el lazo de la corbata, le peinó. Con frac y chaleco blanco, tenía un aire *très comme il faut*.[15]

—*Il est pourtant très comme il faut*[16] —me anunció Blanche, al salir de la habitación del novio, como si esa idea de que el general fuera *très comme il faut* le hubiera sorprendido a ella misma. Yo casi no entraba en detalles, participando en todo en calidad de espectador indolente, así que he olvidado gran parte de lo ocurrido. Solamente recuerdo que Blanche no se llamaba De Cominges, ni su madre *veuve* Cominges, sino Du Placet. Ignoro todavía por qué se había llamado De Cominges hasta entonces. Pero el general quedó encantado y Du Placet le gustó más que De Cominges. El día de la boda, ya vestido, paseaba por la sala y repetía en voz baja, con aire extremadamente serio y arrogante: «*Mademoiselle Blanche du Placet! Blanche du Placet!* ¡Señorita Blanca du Placet!»; su rostro resplandecía de suficiencia. En la iglesia, en la alcaldía y en casa durante el almuerzo, se mostró contento y satisfecho, y hasta orgulloso. Algo había cambiado a los dos. Blanche adoptó un aire de particular importancia.

—Ahora debo comportarme de forma totalmente distinta —me dijo muy seria—, *mais vois-tu*,[17] había olvidado por completo algo muy desagradable. Imagínate que todavía no he logrado aprender mi actual apellido: *Zagorianski, Zagorianski, madame la générale de*

---

[15] Muy distinguido.
[16] A pesar de todo, es muy distinguido.
[17] Pero, te das cuenta...

Sago-Sago, ces diables de noms russes, en fin, madame la générale à quatorze consonnes! Comme c'est agréable, n'est-ce pas?[18]

Finalmente, nos separamos y Blanche, la tonta de Blanche, lloró al despedirse.

—*Tu étais bon enfant* —me dijo gimoteando—. *Je te croyais bête et tu en avais l'air,*[19] pero eso te sienta bien.

Y, tras el último apretón de manos, exclamó de pronto: «*Attends!*»,[20] se precipitó a su tocador y al instante volvió con dos billetes de mil francos. ¡Jamás lo habría esperado de ella! «Te será útil; quizá seas un *outchitel* muy instruido, pero como hombre eres un tonto. Más de dos mil no te voy a dar, porque de todos modos lo vas a perder en el juego. ¡Adiós! *Nous serons toujours bons amis*, y, si vuelves a ganar, no dejes de venir a verme, *et tu seras heureux!*».[21]

Me quedaban unos quinientos francos; además, poseía un magnífico reloj que valía unos mil francos, gemelos de brillantes, etc., así que podía ir tirando durante mucho tiempo sin preocuparme de nada.

Me he instalado en esta pequeña ciudad deliberadamente, con el fin de tomar una decisión y, sobre todo, de esperar al señor Astley. He sabido con certeza que estará aquí de paso y que se quedará un día, por un

---

[18] Zagorianski, Zagorianski, señora generala de Sago-Sago, ¡esos endiablados nombres rusos!; en fin, ¡señora generala de catorce consonantes! Qué agradable; ¿no es verdad?

[19] Has sido un buen muchacho [...] Te creía tonto, y lo parecías.

[20] ¡Espera!

[21] Siempre seremos buenos amigos... [...] ¡y serás feliz!

asunto de negocios. Me enteraré de todo... y después, directamente a Homburgo. A Ruletenburgo no iré, quizá vuelva el año que viene. Dicen que es mala señal probar la suerte dos veces en la misma mesa, y en Homburgo se juega de verdad.

XVII

Ya hace un año y ocho meses que no he vuelto a coger estas notas, y únicamente ahora, triste y angustiado, he decidido distraerme un poco releyéndolas. Me detuve en mi proyectado viaje a Ruletenburgo. ¡Dios mío, escribí aquellas últimas líneas con el corazón tan ligero, comparando con mi estado actual! Y si no con el corazón ligero, al menos con un aplomo y unas esperanzas firmes. Estaba seguro de mí mismo. Ha pasado poco más de año y medio, y a mi modo de ver soy peor que un mendigo. ¡Qué digo un mendigo! Eso no tendría importancia. He echado a perder mi vida. No puedo compararme con nadie. Tampoco siento deseos de sermonearme. En momentos así, nada más absurdo que moralizar. ¡Oh, seres satisfechos de sí mismos! ¡Con qué altiva suficiencia están dispuestos estos charlatanes a pronunciar sus sentencias! ¡Si ellos supieran hasta qué punto yo mismo comprendo todo lo abominable de mi actual situación, no tendrían valor para darme lecciones! ¿Qué pueden decirme que yo no sepa? Además, ¿acaso se trata de eso? Se trata de que una vuelta del platillo puede cambiarlo todo, y esos mismos moralistas serían los primeros —estoy convencido— en felicitarme entre bromas amistosas. Y no me darían la espalda como ahora. ¡Que se vayan al diablo todos ellos! ¿Qué soy ahora? Un *zéro*. ¿Qué puedo ser el día de mañana? ¡El día de mañana puedo resucitar de entre los muertos y empezar a vivir de nuevo! ¡Puedo recuperar en mí al hombre, antes de que se haya perdido definitivamente!

Fui, en efecto a Homburgo, pero... volví a Ruletenburgo, y estuve en Spa, incluso en Baden, donde acompañé en calidad de ayuda de cámara al consejero Hinze, un canalla que fue aquí mi amo. Sí, ¡fui lacayo durante cinco meses enteros! Sucedió al salir yo de la cárcel. (Estuve en la cárcel en Ruletenburgo por una deuda. Un desconocido la pagó. ¿Quién? ¿El señor Astley? ¿Polina? No lo sé, pero alguien pagó la deuda, doscientos táleros, y me dejaron en libertad). ¿Adónde podía ir? Me coloqué con el tal Hinze. Era un hombre joven, frívolo y perezoso, y yo sabía hablar y escribir en tres idiomas. Al principio, fui algo así como su secretario, por treinta florines al mes, pero acabé por ser un auténtico lacayo. Disponer de un secretario estaba por encima de sus posibilidades, y me redujo el sueldo. Yo no tenía adónde ir, así que me quedé y me convertí en lacayo. A costa de privaciones en la comida y en la bebida, logré ahorrar setenta florines en los cinco meses que estuve a su servicio. Un día, en Baden, le anuncié que me marchaba. Aquella misma tarde fui a la ruleta. ¡Cómo me latía el corazón! No era dinero lo que yo ansiaba. Mi único deseo era que todos los Hinzes, y *maîtres*, todas las lujosas damas de Baden, todos hablaran de mí, contaran mi historia, quedaran sorprendidos, me alabaran y se inclinaran ante mi nueva suerte en el juego. No eran más que sueños y preocupaciones infantiles, pero... quizá pudiera encontrar a Polina, hablarle y convencerla de que yo estaba por encima de todos aquellos golpes del destino... ¡Oh, no era dinero lo que yo ansiaba! Estoy seguro de que lo habría gastado con cualquier otra Blanche y de nuevo habría paseado durante tres semanas por París con un tronco de caballos propios de dieciséis mil francos. Sé con toda certeza que no soy un avaro. Creo incluso que soy pródigo, y, sin embargo, ¡con qué estremecimiento, con qué opresión en el pecho escucho la voz del *croupier*: *trente et un, rouge, impair et passe* o *quatre, noir, pair et manque!* ¡Con qué avidez miro la mesa de juego, en la que están esparcidos luises, federicos y táleros, las pilas de oro, cuando, arrastradas por la raqueta del *croupier*, se deshacen en montones resplandecientes como las ascuas, o los cartuchos de monedas de plata, de casi un *arshin*[1] de largo, alrededor del platillo! Antes de llegar a la sala de juego, mucho antes, oigo ya el tintineo de las monedas esparcidas y me siento desfallecer.

La noche que me jugué mis setenta florines fue una noche extraordinaria. Empecé poniendo al *passe* diez florines. Siento una debilidad por el *passe*. Perdí. Me quedaban setenta florines en monedas de plata; reflexioné un instante y me decidí por el *zéro*. Empecé a poner cinco florines cada vez, y a la tercera postura salía el *zéro*. Creía morirme de alegría al recibir ciento setenta y cinco florines. El día en que gané cien mil florines no había sido tan dichoso. Puse cien florines al *rouge*, y salió; puse todos los doscientos al *rouge*, y salió; los cuatrocientos al *noir*, y salió. Los ochocientos a *manque*, y volví a ganar. ¡En menos de cinco minutos me había hecho con mil setecientos florines! En momentos así, se olvidan todos los

---

[1] Medida de longitud rusa, equivalente a 0,711 m.

fracasos anteriores. ¡Lo había logrado arriesgando algo más que la vida; osé arriesgar, y de nuevo me encontraba entre los hombres!

Me fui a un hotel, me encerré con llave, y hasta las tres de la madrugada estuve contando el dinero. Cuando desperté por la mañana, había dejado de ser un lacayo. Decidí salir aquel mismo día para Homburgo. Allí no había estado en la cárcel y no había servido de lacayo. Hora y media antes de la salida del tren, me fui al casino y en dos posturas perdí mil quinientos florines. De todos modos, salí para Homburgo y desde hace un mes me encuentro allí...

Vivo en un estado de continua angustia, arriesgo muy poco, espero algo, calculo, me paso días enteros junto a las mesas y *observo* el juego, y hasta sueño con él; sin embargo, experimento la extraña sensación de haberme acartonado, de estar hundido en el fango. He llegado a esa conclusión después de haberme encontrado al señor Astley. No nos habíamos visto desde entonces en Ruletenburgo, y nuestro encuentro fue puramente casual. Sucedió de la siguiente manera. Estaba yo dando una vuelta por el jardín; ya casi no tenía dinero, si bien disponía todavía de cincuenta florines y había pagado por adelantado el cuartucho del hotel. No me quedaba otro remedio que ir a jugar una sola vez a la ruleta y, en caso de perder, colocarme de nuevo de lacayo, si no encontraba por aquí rusos que buscaran un preceptor. Absorto en estos pensamientos, proseguía mi paseo diario a través del parque y del bosque hasta el vecino principado. A veces caminaba así hasta cuatro horas seguidas y volvía a Homburgo exhausto y hambriento. Acababa de pasar del jardín al parque, cuando, de repente, vi en un banco al señor Astley. Al advertir en él cierta reserva, moderé un tanto la enorme alegría que me causaba aquel encuentro.

—¡Vaya, usted por aquí...! Ya sabía yo que le iba a encontrar —dijo—. No se moleste en explicarme nada. Lo sé todo. Conozco toda su vida durante estos veinte meses.

—Bueno, veo que no pierde de vista a sus viejos amigos —respondí—. Eso le honra, no los olvida... y me hace pensar una cosa. ¿No sería usted quien me sacó de la cárcel de Ruletenburgo, pagando la deuda de doscientos florines? Un desconocido pagó por mí.

—Oh, no, no fui yo quien le sacó de la cárcel y pagó su deuda, aunque conocía su situación.

—Luego, ¿usted sabe quién fue?

—Oh, no, yo no puedo decirle que lo sepa.

—¡Qué extraño! Aquí no me conoce ningún ruso, y, además, nadie habría pagado mi deuda. No estamos en Rusia, donde un ortodoxo paga las deudas de sus hermanos de credo. Ya me imaginaba yo que sería un capricho de algún inglés excéntrico.

El señor Astley me escuchaba un tanto asombrado. Al parecer, esperaba encontrarme triste y abatido.

—De todos modos, me alegra ver que todavía conserva usted su espíritu independiente y hasta su jovialidad —me dijo en tono no muy amistoso.

—Es decir, que en su fuero interno está que se le llevan los demonios al ver que no estoy abatido y humillado —dije riendo.

Tardó en comprender mis palabras, pero, una vez lo hubo hecho, esbozó una sonrisa.

—Me gustan sus observaciones. Reconozco en ellas a mi viejo amigo de otro tiempo, inteligente, exaltado y, a la vez, cínico. Únicamente los rusos son capaces de hermanar tantas contradicciones a un tiempo. En efecto, así es, al hombre le gusta hallar a su mejor amigo humillado ante él. La amistad se basa en gran parte en la humillación. Es una vieja verdad que conocen todas las personas inteligentes del mundo. Pero en este caso, se lo aseguro, me alegra sinceramente comprobar que usted no pierde los ánimos. Dígame, ¿no piensa abandonar el juego?

—¡Al diablo el juego! Con tal de...

—¿Con tal de desquitarse? Ya me lo figuraba. No es preciso que termine la frase. Lo ha dicho usted involuntariamente. Por lo tanto, ha dicho la verdad. Dígame, aparte del juego, ¿no se dedica a nada?

—No, a nada.

Me sometió a una especie de examen. Yo ignoraba todo, apenas leía periódicos y, por supuesto, no había abierto un libro en todo este tiempo.

—Usted se ha embrutecido —observó—, usted no solo ha renunciado a la vida, a los intereses, tanto suyos particulares como a los de la sociedad, al deber de ciudadano y de hombre, a sus amigos (y usted los tenía); no solo ha renunciado a todo fin que no sea el ganar, sino que ha renunciado también a sus propios recuerdos. Todavía tengo viva en la memoria la imagen de usted en una época apasionada e intensa de su vida; pero estoy convencido de que ha olvidado usted las mejores impresiones de entonces. Hoy día sus aspiraciones, sus deseos más profundos, no van más allá del *pair* y *impair, rouge, noir*, las doce cifras medias, etc. ¡Estoy seguro!

—¡Basta, señor Astley! Por favor, se lo ruego, no me lo recuerde —exclamé enojado, casi colérico—. Sepa usted que no he olvidado nada; tan solo lo he apartado por un tiempo de mi mente, incluso los recuerdos, hasta que mi situación cambie por completo. Y entonces... entonces verá usted cómo resucito de entre los muertos.

—Usted seguirá aquí dentro de diez años —dijo el inglés—. Estoy dispuesto a apostarme lo que quiera a que entonces podré recordárselo, aquí, en este mismo banco incluso, si todavía vivo.

—Bueno, ya basta —le interrumpí impaciente—, y para demostrarle que no soy tan olvidadizo, permítame hacerle una pregunta: ¿dónde está la señorita Polina? Si no fue usted quien pagó la deuda, tuvo que haber sido ella. Desde nuestra época en Ruletenburgo no he vuelto a saber nada de ella.

—No, ¡oh, no! No creo que fuera ella quien le rescatara. Está en Suiza, y me hará usted un gran favor si deja de hacerme preguntas sobre la señorita Polina —dijo en un tono resuelto, incluso enfadado.

—Esto significa que también a usted le ha hecho mucho daño —dije, sin poder evitar la risa.

—La señorita Polina es el mejor de todos los seres dignos de respeto, pero le repito que le estaré muy agradecido si deja de preguntarme sobre ella. Usted nunca supo comprenderla, y considero una ofensa moral tener que escuchar su nombre de los labios de usted.

—¡Vaya! De todos modos, está usted en un error. Dígame, ¿de qué otra cosa podemos hablar usted y yo? Nuestros recuerdos se reducen a eso. Pero descuide, no deseo conocer sus problemas personales, íntimos. Únicamente me interesa la situación externa, por así decirlo, de la señorita Polina, las condiciones en que se encuentra. Esto puede contármelo en dos palabras.

—De acuerdo, pero siempre y cuando después de estas dos palabras no volvamos a hablar de ella. La señorita Polina estuvo mucho tiempo enferma; y lo sigue estando. Ha vivido una temporada con mi madre y mi hermana en el norte de Inglaterra. Hace seis meses murió su abuela, ¿recuerda usted a aquella mujer loca?, y le dejó siete mil libras. Actualmente, la señorita Polina viaja con la familia de mi hermana, que se ha casado. Sus hermanos pequeños tienen la suerte asegurada gracias a la abuela, y están estudiando en Londres. Su padrastro, el general, ha muerto hace un mes en París a consecuencia de una apoplejía. Mademoiselle Blanche lo trató bien, pero consiguió poner a su nombre todo lo que la abuela le dejó a él... Y esto es todo.

—¿Y Des Grieux? ¿No estará viajando por Suiza?

—No, Des Grieux no viaja por Suiza, e ignoro su paradero. Además, le prevengo de una vez para siempre que en adelante evite semejantes alusiones y comparaciones innobles. De lo contrario, tendría que vérselas conmigo.

—¿Cómo? ¿A pesar de nuestras anteriores relaciones amistosas?

—Sí, a pesar de ellas.

—Le pido mil veces perdón, señor Astley. Pero permítame decirle que en mis palabras no hay nada innoble ni ofensivo; yo no culpo de nada a la señorita Polina. Además, un francés y una señorita rusa, hablando en términos generales, forman una relación que ni usted ni yo podremos resolver ni comprender definitivamente.

—Si me promete no mencionar el nombre de Des Grieux junto a otro nombre, le pediría que me explicara qué entiende usted por «un francés y una señorita rusa». ¿Qué clase de relación es esa? ¿Por qué precisamente un francés y una señorita rusa?

205

—Lo ve, ya se ha interesado. Es un tema a tratar muy largo, señor Astley. Exige muchos conocimientos previos. Además, es un problema importante, por muy cómico que parezca a primera vista. Un francés, señor Astley, es una forma bella, acabada. Quizás usted, como británico, no esté de acuerdo con esta opinión. Yo, como ruso, tampoco lo estoy, aunque sea por envidia. Pero nuestras señoritas acaso opinen de otra forma. Es posible que a usted Racine le parezca afectado, amanerado y perfumado. Probablemente no se le ocurrirá leerlo. A mí también me parece afectado, amanerado y perfumado, y, desde cierto punto de vista, incluso ridículo; pero es encantador, señor Astley. Y lo que es más importante, queramos o no: es un gran poeta. La forma nacional del francés, es decir, del parisiense, se ha constituido en una forma elegante en una época en que nosotros éramos unos osos. La Revolución ha heredado de la nobleza. Hoy día, el francés más vulgar puede tener modales, actitudes, expresiones e incluso pensamientos perfectamente elegantes, sin que su iniciativa ni su espíritu ni su corazón participen de esa elegancia. Se lo han transmitido por herencia. Por sí mismos los franceses pueden ser las más vacías y viles criaturas. Y aquí tengo que decirle, señor Astley, que no hay en el mundo ser más confiado y abierto que una señorita rusa, bondadosa e inteligente y no demasiado afectada. Aparece un Des Grieux en no importa qué papel, pero sí bajo una máscara, y conquista el corazón de la jovencita con una facilidad extraordinaria; tiene formas elegantes, señor Astley, y la señorita confunde esta forma con su alma, con la forma material de su espíritu y de su corazón y no como un ropaje que ha heredado. Por mucho que le disguste, debo confesarle que ustedes, los ingleses, en su mayor parte son toscos e inelegantes, y los rusos poseen bastante sensibilidad para discernir la belleza, de la que están ávidos. Mas, para saber distinguir la belleza del alma y la originalidad del individuo, para eso se necesita una independencia y una libertad infinitamente mayores de las que poseen nuestras mujeres, y más aún las jovencitas, y, en todo caso, más experiencia. La señorita Polina (perdóneme, lo dicho dicho está) precisará de mucho, muchísimo tiempo para decidirse y preferirle a usted y no al canalla de Des Grieux. Ella le aprecia a usted, será su amiga, le abrirá su corazón, pero allí seguirá reinando el odioso canalla, el mezquino y vil usurero de Des Grieux. Permanecería allí, aunque solo fuera por obstinación y amor propio, porque ese mismo Des Grieux surgió ante ella una vez bajo la aureola de un elegante marqués, de un liberal desengañado y arruinado (¡como si fuera verdad!), por acudir en ayuda de su familia y del frívolo general. Todas sus tretas se descubrieron después. Pero ¡qué importancia tiene que se descubrieran! Denle el Des Grieux de otro tiempo. ¡Eso es lo que quiere! Y cuanto más odie al actual Des Grieux, tanto más añorará al de antes, aunque hubiera existido solamente en su imaginación. ¿Es usted fabricante de azúcar, señor Astley?

—Sí, tengo intereses en la compañía de la conocida fábrica Lovell y Cía.

—¿Lo ve, señor Astley? Por una parte, un fabricante de azúcar, y por la otra, Apolo de Belvedere. Esto no encaja. Y yo ni siquiera llego a eso. No soy más que un mísero jugador de ruleta, he sido incluso lacayo, cosa que, probablemente, sepa ya la señorita Polina, pues, al parecer, dispone de una buena policía.

—Está usted amargado y por eso dice tanta estupidez —dijo el inglés fríamente, tras haber reflexionado durante unos instantes—. Además, sus palabras carecen de originalidad.

—¡De acuerdo! Y eso es precisamente lo más terrible, mi noble amigo, que todas mis acusaciones, tan anticuadas, tan vulgares y tan de *vaudeville*, ¡no dejan de ser ciertas! A pesar de todo, ¡ni usted ni yo hemos logrado nada!

—Lo que usted dice es infame y estúpido, porque, porque..., sepa usted —dijo con voz temblorosa y mirada airada—, sepa usted, hombre ingrato, mezquino y desgraciado, que he venido a Homburgo por encargo suyo para verle a usted, hablar con usted larga y cordialmente y transmitirle a ella todo: sus sentimientos, sus ideas, sus esperanzas y... recuerdos.

—Pero ¿es posible, es posible? —exclamé, y se me arrasaron los ojos en lágrimas que, creo que por primera vez en la vida, no pude contener.

—Sí, desdichado, ella le amaba a usted, y ahora puedo decírselo porque usted es un hombre perdido. Aún más, aunque yo le diga que ella le sigue queriendo, usted, de todos modos, se quedará aquí. Sí, usted se ha destruido a sí mismo. Usted poseía ciertas aptitudes, un carácter vivo y no era una mala persona. Incluso podría haber sido útil a su patria, que tan necesitada está de hombres, pero usted se quedará aquí, y su vida ya está acabada. No le culpo a usted. A mi juicio, todos los rusos son así o tienden a serlo. Si no es la ruleta, es otra cosa, algo parecido. Las excepciones son demasiado raras. No es usted el primero en no comprender lo que significa el trabajo (yo no hablo de su pueblo). La ruleta es un juego esencialmente ruso. Hasta ahora usted había sido honrado y había preferido ser lacayo a robar... pero me asusta pensar qué será de usted en el futuro. Y ¡basta ya! Adiós. Necesitará dinero, ¿no es verdad? Tenga diez luises, no le doy más porque de todos modos los va a perder en el juego. ¡Acéptelos, y adiós! ¡Acéptelos de una vez!

—No, señor Astley, después de todo lo que me ha dicho...

—¡Acéptelos! —exclamó—. Estoy convencido de que usted es una persona de honor y se los doy como lo haría a un verdadero amigo. Si yo tuviera la seguridad de que iba usted a abandonar el juego y Homburgo, y de que regresaría a su patria, estaría dispuesto a darle inmediatamente mil libras para que comenzara una nueva vida. Pero no le doy mil libras, sino únicamente diez luises, porque, en la actualidad, para usted, da lo mismo mil libras que diez luises. De todos modos, los va a perder. ¡Acéptelos, y adiós!

—Los aceptaré si me permite abrazarle.

—Oh, encantado.

Nos abrazamos cordialmente y el señor Astley se fue.

No, está equivocado. Si he sido brusco y estúpido en mi actitud hacia Polina y Des Grieux, también lo he sido con respecto a los rusos. De mí mismo, prefiero no hablar. Aunque ahora ya no se trata de eso. Todo son palabras, palabras y palabras, ¡y hacen falta hechos! Ahora lo principal es Suiza. ¡Mañana mismo! ¡Oh, si pudiera marchar mañana! Nacer de nuevo, resucitar. Tengo que demostrarles... Que vea Polina que todavía puedo ser un hombre. Basta con... hoy ya es tarde, pero mañana... ¡Tengo un presentimiento, no puedo equivocarme! Dispongo de quince luises, y otras veces he empezado con quince florines. Bastaría ser cauteloso... Pero ¿soy acaso un niño pequeño? ¿No me doy cuenta, acaso, de que soy un hombre perdido? ¡Pero por qué no voy a poder resucitar! ¡Sí! Bastaría con ser una sola vez en la vida calculador y paciente, bastaría con ser perseverante una sola vez, ¡y en una hora podría cambiar mi destino! Lo esencial es el carácter. No tengo más que acordarme de lo que me ocurrió hace siete meses en Ruletenburgo, antes de arruinarme definitivamente. ¡Fue un caso excepcional de resolución! Había perdido todo, todo... Salí del casino, miré: en el bolsillo del chaleco había un florín. «Tendré con qué comer», pensé, mas apenas hube dado cien pasos cambié de idea y regresé a la sala de juego. Puse aquel florín a *manque* (esta vez fue *manque*), y puedo jurar que se experimenta una sensación particular cuando uno que está solo, en un país extraño, lejos de la patria, de los amigos, no sabiendo si va a comer aquel día, arriesga su último florín, ¡el último! Y... gané, y a los veinte minutos salía del casino con ciento setenta florines en el bolsillo. ¡Es un hecho! He aquí lo que a veces puede significar una última moneda. ¿Y si me hubiera amilanado y no hubiera tenido el valor de decidirme?

¡Mañana, mañana todo habrá terminado!

«Para viajar lejos no hay mejor nave que un libro».

EMILY DICKINSON

Gracias por tu lectura de este libro.

En **penguinlibros.club** encontrarás las mejores recomendaciones de lectura.

Únete a nuestra comunidad y viaja con nosotros.

penguinlibros.club

 penguinlibros